KB016132

소려한 사랑의 조각들

Rays of Radiant Love

KT&G 상상univ. 상상이상以上

제2회 대학생 문학 공모전 수상작

| 시 | 이백호 | 박지환 | 장지민 | 오택준 | 왕영진 |
| 에세이 | 박채린 | 임민지 | 송이림 | 한성민 | 서유리 |

About Sangsang Univ.

상상유니브는 청년의 상상력으로 사회적 가치를
만드는 대학생 커뮤니티로 KT&G만의 독보적이고
차별적인 CSR프로그램 중 하나입니다.
캠퍼스 내 스펙 경쟁으로 힘들어하는 대학생들에게
다양한 영역에서 배움과 성장, 교류의 기회를 제공하며,
청년 스스로 문화를 창출해 나갈 수 있도록 지원합니다.
전국 13개 지역에서의 프로그램(클래스/액티비티 등)
진행을 통해 대학생들이 상상을 표현하며, 새로운
가능성을 발굴하는 동시에 다른 대학생들과 새로운
추억을 공유할 수 있는 교류의 장을 제공하고 있습니다.

+
Poetry, 시

『우리는 사랑받는 대가로』   이백호

『안녕, 또 만났구나 부딪혀도 소리 없는 사람』

박지환

『가까스로 볼수의적 해피엔딩』 장지민

『열애?』   오택준

『글자국』　왕영진

+ Essay, 에세이

시詩poetry 『문학』

문학의 한 장르.
자연이나 인생에 대하여 일어나는
감흥과 사상 따위를
함축적이고 운율적인 언어로
표현한 글이다.

이백호

매 글을 유서 남기듯 씁니다.

instagram.   @wavelikepado

brunch.   백호

『우리는 사랑받는 대가로』

좌절 속의 연대

잔열과도 같은 희망

우리는 이토록 버텨

고작 우리가 되겠지만

결국엔, 결국엔

정말 괜찮은 날이 오지 않을까 합니다

흔쾌히

살아가고 있습니다

초상

쓸쓸한 생의 출발지는
팔레트 위의 작은 기호였다

태어나길 보라색으로
깊은 밤을 닮은 생각을 하고
꿈을 대하는 마음가짐으로 낮을 지냈다

자라며 파란색으로
야심한 바다를 헤엄치고
아무도 모르는 곳으로의 잠수를 바랐다

지금 초록색으로
어둔 장미 넝쿨 사이를 헤매고 헤매며
피아노 책상 위에 얹어두던
일곱 살에 잃어버린 토끼 인형을 찾고 있다

섞인 색을 새끼손가락으로 찍어 혀에 대면
깊게 우러나 쓸쓸한 맛이 돌았다
불 끄기를 깜빡한 찻주전자와도 같은 삶임을

크레용 미소

장마의 끝을 향해
온몸을 들이미는 중입니다
여름엔 총애하는 것들이 쉬이 녹아버립니다

다시 태어나도 꼭 나로 태어나겠다는 말은
큰 울음으로 가시를 돋우고
선혈을 떨구겠다는 의미였으며
거창한 설명은 참고
해맑은 미소만을 지어야만 하기에
손사래를 쳤으나

편지해주신다면
조심히 응달에 앉아 우표를 뜯을 때
그늘막에 부는 바람도 온기가 돌고

흰 도화지에 포물선으로 그어진
나의 크레용 미소를 동경했다는 말에
못 이기듯 생을 사랑해도 보고
그 여름에 터를 잡아도 보겠습니다

체기와의 이별

있잖아, 우리 거창한 건 바라지도 않으니
슬픔들이 다 지나간 후에
애써 행복했다고 믿을 필요도 없이
예쁘게 씹어서 삼켜보자
스물 언저리를 삼킬 때 체하겠지

곧 비가 올 것만 같아
비를 피하는 방법은
어쩌면 흠뻑 젖는 게 아닐까
내 하늘빛 셔츠에서 바다가 보일 때
말라 있는 날들을 잊어버리는 마음

부대끼는 속을 안고
장대비 아래에 서서 소리를 지르면
비와 신호등과 경적이
제각각의 모양으로 이별하면서
우리 울먹임까지 가져갈 때에 비로소
체기가 내려갈지도 모르는 노릇이지

겨울문턱

영문도 모른 채 이끌려 간 축제
소란한 공연과 고양이들로부터 도망쳐
오늘 밤은 어느 곳에서 몸을 뉘어야 하나
하던 찰나
눈이 왔고 걸음을 멈추었다

추억들이 말을 걸고
그들도 머지않아 등을 돌릴 것이 뻔하다
짙은 화장의 누군가가 아이를 맡기고 갔다
앉을 곳조차 없는데 나는 또 짊어졌다

긴 여행
남은 건 흰 눈을 찍은 사진뿐이었다
그마저도 편히 누워 보기는 글렀다

아,
밤이 너무나도 길다
교차로를 아무리 내달려도
꺼져가는 신호등을 잡기는 역부족이었다

짐

연탄재 냄새가 올라오고 물비린내가 나더라
네 시 반에 해가 지기도 하고
옆집 지우 가족은 아직도 떡 장사를 하려나

오늘이 대설이래 선물한 목걸이는
아직도 잘 차고 다닌다고 전해줘
형편없는 사진 솜씨는 여전하겠지

달이 머리 위로 떠오르는 계절에
눈이라도 내리면 기분이 좀 나아질까

넌 철이 덜 들어서
추위를 도통 모르는 아이였지만 난
글쎄

내가 부르던 코끼리 아저씨가
마침내 기억의 습작이 되었어
듣는 사람이 없어서
덕분에 편히 울었지 뭐야

달콤한 어느 밤

오늘 밤
총애하는 설탕과 버터들이 각자의 결로
우울을 쓰다듬으며 녹아내리고 있다

우리의 슬픔은 실크 베일을 걸치고
몇 번이나 그 속을 짐작 당해야
비로소 예술이 되어 사뿐히 뛰노는가

잠시 앉으면 걷는 법까지 잃을까
쉼마저도 두려웠던 밤들을 거쳐
바닥과 한몸이 되어도 괜찮을
해로운 치료를 받는다

삿대질 바람에 베일이 찢어지고
매서운 시선에 홍반이 온몸에 자리했으나
마침내 나는 누더기 차림을 한 채
밀랍이 아닌 달콤한 당류로 포장되어

멈추고 포기하고 눌어붙어도
쓰지 않은 맛이 날 밤이었다

아이를 닮은 소원

새해 해돋이 산 정상에서
어째서 친구들 중얼대는 소리가
합격하게 해주세요
일등 하게 해주세요
말고는 잘 없다
나는 철이 없어서인지 아직도
행복하게 해주세요
진심으로 사랑하게 해주세요
를 빌고만 있는데

아직 그리고 앞으로도
우리는 장난감들이 더 필요하다
조회대 한가운데서 누워 빌던
비눗방울보다 투명한 소원은 어디 있나
오늘 내가 몰래 마음으로 바란 것은
부디 사랑하는 친구들이
아이를 닮은 소원을 빌게 해주세요
였다

평생 치의 거짓말

돌아오지 않을 날을 동그랗게 뭉쳐
입 안에 넣고 조심히 굴렸다
반쪽 나누어 친구와 함께
그 맛을 느끼다가 눈을 감으면
자주 가던 식당에 온 느낌도 들었고

날들이 사랑니 언저리를 스치고 지나
잇몸서 피가 나도
열대의 이름 모를 과일 맛이겠거니
어제 혀를 깨물고 아파하던 친구의 상처도
잠시 단맛 아래로 숨었고 그 순간
우린 아프다 대신 달다고 말했으며

함께 머리를 맞대고
서로가 서로를 완벽히 속인다면
시간이 아무리 지나도 우리는
젊은 날에서 영원하므로
그 아래서 나는 평생이고
거짓말로 살 수도 있었다

우리는 사랑받는 대가로

세상은 애시당초 기울어있다
우리는 먼저 베였고 먼저 꺾였다
가장 좋은 날 가장 거세고 힘겨워
별 박은 두 눈은 호수를 만들고 있고
내일도 틀림없이 춥고 쓰리다
그러나 누구 말대로
하늘이 이 세상을 내일 적
그가 가장 귀해하고 사랑하는 것들은
모두 가난하고 외롭고 높고 쓸쓸하다 했다
우리는 선택받았다
역경이라는 이름의 사랑을 받고 있다
수려하고 곧게 뻗은 나무가 먼저 베이고
소란하고 아름다운 꽃이 먼저 꺾인다
그러므로 버틸 수가 있겠냐고 묻는다면
결국엔, 결국엔
정말 괜찮은 날이 올 터입니다
그렇게 답하고 눈물로 노를 저어
긴 생애를 편편히 유영하겠다
기꺼이 슬픔 속에 살겠다

무쇠솥 울음

인고는 사리를 낳아
어지러움이 올라오며 몸이 기울어지면
구슬이 굴러가는 소리가 났고
삼켜야 했던 말은 가슴을 냄비 삼아
보글보글 끓어대는 탓에
열이 잔뜩 오르고는 했다
가끔 마주친 찬비 같은 위로에
눈물이 수증기가 되어
모락모락 위로 흘렀다

견디어 넘기기만 한 계절이 있다

잔뜩 데운 무쇠 솥뚜껑에 물을 뿌리니
뜨거움들이 소리를 지르지 못하고
촤아악 하고 울면서 한참이나
연기를 뿜었다
너무 그을려 구멍이 뚫린 귀퉁이에는
사탕을 찐득하게 녹여
붙여주고만 싶었다

무지개 불빛 양초

뭐 하나 밝히겠다고 애를 쓰던 밤
눈물을 뚝뚝 흘리는 와중
스치는 바람에도 열렬히 아파하기를 수일
흔들리다 훅 꺼지는 일은 괜찮았으나

눈물 자국이 차가운 형광등을 받아
볼에 반짝
그대로 굳어있을 때

심지를 꽂아 다시 불을 붙이면
나는 무한정 울 수 있었고
총천연색 외로움이 단전에서 끓자
무지개를 그리고도 남을 내 마음들은
고작 뒤섞여 먹보다 진해지고
설워하다 끝에는 침전하여
꽤 지난 후에야 보석의 빛을 했다

젊음의 오브제

여느 날과 다르지 않은 밤들이
매일 각기 다른 주름으로 찌그러졌습니다
다릴수록 진한 접힘으로 남아
마침내는 흉으로 남았고
어쩌다 비슷한 생김새로 구겨지는 비탄이
좀처럼 아물지 않는 공허를 만들기에
나는 그것을 손끝으로 잡아
별 모양을 만들어도 보았습니다

들끓음이 칡뿌리를 닮아
독하게 지반을 비집고
땅 저 밑에서 골칫덩이를 자처하며
감히 영생하려 합니다

그러다 모든 사연이 제각각의 도형으로
천공의 모빌이 되어 얽힐 듯 회전하면
땅이 가물어 갈라진 모양이
기시감을 선사하는 광경 속에서
잠시나마 안아보려 손 내밀지도 모릅니다

강줄기의 끝으로

바다만큼 넓어 끝을 가늠할 수 없는 강
그 위를 가로지르는 다리
제때를 만난 뜀박질
조금 흐릿한 목적지까지
선명하지 않아 질기게 기억되리라

하루살이처럼
이글거리는 석양이 눈부신 줄도 몰랐으나
끝이 두려운 줄은 언제 알았는가
한참을 사색에 잠길 것이 뻔했다

거창한 꿈 앞에서는 종종
벅차오르는 영감이 미워지기도 하고
혼자서는 갈 수 없는 사람들을 모아
같이 가보면 좋으련만

매일 똑같은 꿈을 꾸어도
잠이 들기 전 다른 마음을 하던
그때 그래 그때

밤의 주파수

새벽녘 가로등 밑 길고양이 우는 소리
애옹 애옹
맞추어 머리를 굴려대다 보면

같은 대상에 귀 기울이는 모두는
비슷한 생각을 하려나
또 이 밤에 깨어있는 사람들은
어려운 방향으로 헤매고 있을 터

주광색 결론들을 마음에 풀면
어디냐고 묻는 앞집 친구가
그날따라 고양이 소리에 귀를 기울였고
어느 정도의 처량함을 느꼈음을
쉽게 짐작할 수 있었다

그런고로
밤낮이 종종 바뀌고는 했으나
때때로 정확한 주파수로 공명했기에
무섭지는 않았다

자각의 미학

나는

나에게 무엇이 없는지 몰랐을 때에
가장 완벽했고

나에게 무엇이 없는지 알았을 때에
점차 가라앉아

나에게 무엇이 있는지 알았을 때에
결국 무너졌다

시절 꾸미기

자연스럽게 웃는 연습
정말 필요한 순간이 올 때
환한 웃음으로 찰나를 장식할 수 있도록

기억되노라면
입꼬리가 아름다운 사람으로
그렇다면
내 모든 말끝도 따라
아름답게 기억되지 않을까

손을 잡는 방법 중
최고는 단연 깍지
손가락 사이 그간의 고민이
힘을 줄수록 0에 가까워지니까

추억하는 매 순간
환하게 웃는 얼굴 아름다운 입꼬리
깍지 낀 손이 있다면
삼키기 아까워 머금고만 있지는 않을지

바삭한 충돌

나의 신념은 꼭 굳고 웅장해서
숨기고 다닐 수도 없었고
부딪히기라도 하면
와득 빠드득하는 소리를 냈다
부서질 모양새로 종종 금이 갔다

몸은 마음을 닮아
상처의 모양으로 입꼬리가 내려가고
덜 다쳐도
고작 무표정인 날들에

수도 없이 부딪힌 타인의 마음이
오늘 나의 것과 맞닿으면
한 쌍을 이룰 수도 있을 법해
젊은 날의 곧은 고집을 포개니

충돌하여도
바삭하게 아플 수 있겠다

어떤 포기

오늘은 무심하게 큰 달이 떴다
작은 생애가 더 작아 보였고
담기지 못해 흐른 꿈이
어둔 방바닥 아래에 가득이라

늦은 밤
무언가를 포기하고 오는 길

모두 쥐고만 싶었으나
쥘 손도 들 힘도 없었던
숱한 마음 탓에

한동안 속이 좋지 않았다
퍽 입맛이 없다

어려운 비행

우리 생애가
애벌레부터 번데기
그리고 나비라면

소임을 다하는 일은
훨훨 비행하는 것이라 말하지만

나는 원체 삐딱했고
애벌레 중에서도 느렸고
날개를 펼치는 데에
꼬박 걸렸다 그래서인지

두세 배는 무겁게 팔락였다
날아도
그 어려운 시절이
꼭 날개에 붙어만 있었다

그래도 아직

바느질로 잘만 기운다면
좋아하는 옷은 평생 입을 수 있고

열심히 빈다면
언젠가 소원은 이루어지고

잘만 쓰다듬는다면
경계심 많은 고양이의 마음도
마침내 돌릴 수 있고

못다 걸친 어린 날의 꿈도
딱 맞게 어울리는 날이 온다고

그래도 아직 미련하도록 믿는다

박지환

분노 같은 우울을 참는 사람에게서

조금씩 새어 나오는 지저분한 두려움을

우울 같은 미안을 참는 사람의

유언 같은 미완의 인사를

내가 사랑했대

그래서 우리는 정지된 척을 하는 연기를 해야 해요

instagram.   @dying_poem

email.   bf1203@naver.com

『안녕, 또 만났구나 부딪혀도 소리 없는 사람』

나는 창문을 열어놓았다

낯선 것이 들어올까 두렵지만

또 그것이 나를 찾고 있는 존재라면

출처를 알 수 없는 슬픔은

왜인지 어제의 내 바람 같아서

오늘도 새로운 커피를 내리고

또 엎지르기를 반복했다

어느 날 문을 열면

서로 끌어안고 있는 우리들

너무나 조용해서

하마터면 내 품속에 무엇이 있는지 말할 뻔했다

마지막 언어를 외치고 있어

23시에 마을버스가 달리는데
알코올의 향기가 난다
잠깐 정차하면 그 안에서 얼굴이 쏟아진다
보편적 사랑에게서 도망쳐온 사람들의 얼굴

차라리 다 벗고 달리는 게 낫겠어

버려진 세계에서는
사람들의 복제품들이 행인이 되어
조용히 방황하고
단지 그 뒤를 따라 걷고 있다가 문득
인쇄기의 출력물이
소리를 지를 수 있을까 궁금해졌다
그래서 마구 고함을 치다가

공중에 떠다니는
잊힐 수 없는 약속
모두가 마지막 언어를 외치고 있어

취객

날카로운 눈물이 흐른다
얼굴을 다 베며 흐른다
그림자는 멋대로 눈물을 주워
손에 쥔 채로 우두커니 서 있다
무언가 찔러야만 해결되겠니?

아주 익숙한 것이 있었다는 듯
자꾸만 손을 허공에 휘젓는다
네온사인이 발산하는 사랑
그것으로 점철된 거리의 풍경이
갑작스럽게 나를 덮쳐온다
정확히는 내가 그것을 안으려 했다고 말하는 것이 옳다
오른발로 강하게 지면을 차고 겨우 선다
누구보다 작게 불안하게 위험하게 그리고 초연하게
절대로 쓰러지지는 않아야 해

내가 휘청거리는데 왜 네가 슬퍼하는 거야
우리는 취했고 너는 더 빨리 깬 것뿐이야

얼룩에 대한 고찰

축축한 공포가 문고리에 걸려있다
언뜻 보면 마중 인사를 하듯 늘어진
순백에 가까운 행주
하지만 그것은 분명히
얼룩을 알아채 달라는 구걸이었다

문득 숨겨진 그의 이름을 생각한다
얼룩말이 자신의 이름을
스스로 짓지는 않았을 것이다

경계를 스스로 긋지는 않았을 것이다

점점 소란스러워지는 바깥
일정한 간격이 무너진 발걸음
문을 벌컥벌컥 여는 사람들
방의 가장자리에서 몸에 얼룩을 칠하는

저 안에 내가 있다

정지된 꿈

어제는 나를 밀쳐냈다
나는 오늘을 넘어뜨리고
오늘은 나를 넘어뜨리고
나는 내일을 넘어뜨리고

누워서 지나온 길에는
널브러진 플라스틱

정지된 뒷걸음질을 친다
뒤돌아보면 울고 있는 너
너를 서술하는 앞선 나
그리고 울기 위한 준비를 한다

침착하게 아무것도 하지 마
그렇게 생각하며 앞을 보면

눈을 똑바로 마주하는
온통 검은 거울

덫

타의가 사라진 채 돌진하는 고독
엉겨 붙는 세계의 조용한 슬픔
휘두를 곳을 찾는 빈손과 방황하는 발
그것들은 오래된 풍경을 증오한다

사랑은 어떤 자아를 거쳐
나에게로 향했던가

사치스러운 사색의 기록은
탐욕스럽게 흔들리는 절망의 덫이며
태양을 모방하는 붉은 쓰레기의 욕망
두려움을 잡아먹는 불안의 추억
순백의 이면은 통일체의 분열이며
그다음 페이지는 전부 도려내었다

십 년 전의 나는 어제도 학교에 가지 않았다

돌아가지 말자

우리는 끝날 거야
내일이 쌓이다가 끝내 모두가 잠들어버릴 거라고
현관문이 열린 주택들과 수신자 없는 전화
스크린 도어 없는 전철역과 그림자가 지워진 황혼
깊게 가라앉은 도로와 녹아내리지 못해 말라붙은 들개들
서로 맞잡은 손은 버려진 자동차 안에서 나뒹굴고
누군가가 태어나는 새벽 4시에는 사이렌이 울리고
푸른 노래나 노란색의 시집은 플라스틱으로 발견될 거야

그러니까 우리를 태우려고 달려오는 빨간 버스는 무시하자

집으로 돌아가지 말자

투명한 시대

투명한 시대가 찾아왔다

파란색 머그컵에 커피를 내려온 날
너는 까만 커피는 마시고 싶지 않다고 했다
그리고 나는 투명한 잔을 사 모으는 습관이 생겼다

투명한 슬픔이나 투명한 언어
투명한 몸부림이나 투명한 구원
그런 것들이 적힌 일기장은 짜고 달다
왜 투명한 것들이 얽히면 보라색 비밀이 될까

교차로 한가운데에서 투명한 아이가 운다
쉬지 않고 달려온 차들의 멈추는 신호가 되려고
붉은 눈물을 흘리며

운다 운다

자유의 돌고래

우리 집 돌고래는
혼자 둬도 아무 문제가 없다

우리 집 돌고래는
바다로 나가고 싶어 했지만
걱정할 필요는 없다
돌고래에겐 바다가 죽음이었다

어느 날 돌고래는 움직이지 않았다
그리워하지도 않았다
더 이상 눈물을 흘리지도 않았다
새벽마다 들려오던 역겨운 소리도 내지 않았다

우리 집 돌고래는 혼자 둬도
항상 별일 없다

집

로데오 거리에 새벽이 오면
사람들이 거리에 버린 내일이 쌓인다
까만 낮은 잠들지 않으면 버틸 수 없기 때문에
빨리 집으로 돌아가야 한다
택시, 택시
오늘 자고 가면 안 돼?
어, 나 이제 들어가
담배 연기가 꽃처럼 피어나
자꾸만 송이송이 이게 나의 봄꽃인가?
꽃들은 침대맡에 쌓이고 쌓였는데
또 품 안에 집어넣는다
택시들이 하나둘씩 들어오는데
도박으로 사랑을 잃었거나
전부 팔아버리고 온 이들에게 두 배를 달라고 한다
차선이 사라지고 신호가 사라지고
너무 빠르게 달린다
아저씨 어디로 가시는 거예요
집으로, 집으로 가주셔야 해요
집으로요

녹아내리는 밤

얼음장 같던 너와
깍지 껴 손을 맞잡고
얼굴을 쓸어내리고
온몸을 껴안는다
존재와 존재를 비빈다
어느 한쪽이 사라질 때까지

사랑이 녹아내리는 그 온도
몸에 끈적하게 달라붙고
내가 살아내던 밤은 그저
지나간다 지나간다

마치 잠들 자격이 없다는 것처럼

호수

어제는 너와 비슷한 사람을 만났어
손을 맞잡을 때 약지만 겨우 오므리는 사람을
나는 언제나 너 같은 사람을 만나고야 마는 거야

무릎을 가슴에 가져다 대고 팔로 어깨를 감싸 안고
나는 네 몸속으로 나를 욱여넣은 채 물었다
그러면 나는 이제 무엇을 안아줄 수 있는 거니?

장마는 너무 무거워진 희망을 쏟아내고 지나가 버렸는데
왜인지 증발하지 않는 빗물은 고여가고
우리는 그 주변을 빙빙 돌며 걷다가 입맞춤을 했다

안녕 또 만났구나 부딪혀도 소리 없는 사람

차가 있으면 좋을 텐데

오늘따라 전차가 늦게 온다
사람들이 우글거리는데
하나의 존재가 주는 세계를 알면서도
이렇게 보면 아무 의미가 없다
자꾸 의미를 부여하면 안 된다

세계를 비집고 들어오는 세계
그것은 하나가 되기 위해 잠식하려 든다기보다는
자신의 세계를 지키기 위한 행위

머리카락이 헝클어질 정도로 격렬하게
저 멀리서 무언가 뛰어오고 있다
내일 쉴 숨을 몰아서 쉬는데
온몸이 꾸물꾸물 들썩들썩
나는 달이 무너지는 것을 본 적이 있는데
아주 익숙한 움직임이었다
세계가 사랑이 슬픔이 고독이 기쁨이

우글우글

습관

버스 좌석에 앉아있을 때
누군가 옆에 앉아있는지 확인하는 습관
주머니에 손을 넣었을 때
손가락과 손가락을 자꾸 엮다가 결국 묶어버리는 습관
이어폰을 꽂고 음악을 들을 때
이름을 부르는 소리가 들려 뒤를 돌아보고 마는 습관
담배를 피울 때
담배를 물고 끄트머리를 허공에 휘적대며 혼잣말하는 습관
혼자서 걸을 때
지름길을 지나쳐 네가 아는 길을 따라 걷는 습관
내가 원해서 온 주제에
결국 눈을 감아버리는 습관
눈을 감으면 매번 꿈을 꾸고 마는 습관
네가 울면서 나를 안은 날과
내가 울면서 너를 안은 날을
자꾸만 착각하는 습관

안녕으로 생각해도 될까

슬픔이 비추고 지나간 지리멸렬한 안녕
떨림을 외침으로 숨기는 탈선하는 안녕
당연하게도 떠나보내며 두고 간 새벽의 얼굴은
아침이면 잠을 자러 모퉁이로 숨어 들어가는데

실연을 실연이라고 말해도 될까
입맞춤을 입맞춤으로 답해도 될까
눈앞의 너와 남아있는 너와 사라진 너희들을
같은 이름으로 불러도 될까
떠나보내는 것이 전부여도 될까
전부를 떠나보낸 후에 잔상을 발견해도 될까
쓰러져 우는 것을 시라고 해도 될까
시라고 써 놓은 것을 울고 있는 소리로 들어도 될까
지금 흘리고 있는 음성을 인사로 치부해도 될까

안녕이 아닌 것을 안녕으로 생각해도 될까

빌려온 하루

소포가 온다
그것의 대부분은 독촉장인데
나는 한낮의 눈부심을
단 한 번 타오르는 태양을
10년 전에 담보로 맡겼다
그래서 아침을 흉내 내며 살아왔다

손목을 잘라 이자를 갚으려 했지만
날 선 사랑은 언제나 손잡이가 없다

어린 시절 키우던 햄스터가 문을 두드린다
진심 어린 조언을 해주었는데
그것은 카니발리즘

꿈을 꾸는 것은
절망이나 슬픔 같은 것들을 예약하는 방법이다
너를 먹는 일은 꿈속에서 꿈을 꾸는 꿈

그래서 나는 내 머리를 먹기로 했다

풍경에 귀를 기울여 보세요

어제 우리의 파동과
오늘 당신과 저의 파동
딱 180도 차이

그 둘의 파동은 언뜻 듣기에는 같지만
동시에 존재하면 사라진다는 것 알고 계시나요
매일 비가 내리는 그곳에서
안개비가 소리 없이 내리는 이유입니다

비에 젖은 채 빛을 반사하는 도로나
너무 조용히 떠 있는 달이나
아무도 없는 익숙한 풍경에서
어떤 작은 부스럭거림이나
지나치는 음성이 조금이라도 들렸다면

우리의 기회는 남아있으니
슬픔과 약속한 날이 오늘은 아닌가 봅니다

우리의 시

우리가 먼 곳으로 공예 체험을 하러 갔던 날
유리를 녹여서 조형하고 나무를 깎아서 조각하여 시를 만들
었다
모두가 만든 물건을 담아 돌아가는데
시는 아무래도 무겁고 부피가 컸는지
차에 실리지 않았고
결국 나에게 따로 배송해 주겠다고 하였다
그런 시 따위야 널리고 널린 것이었고
유리 시나 나무 시는 금세 잊혔다
오랜 시간 뒤 낯선 번호에게서 연락이 왔다
너에게 배송되었지만 그곳에는 아무도 살지 않았고
반송된 후 창고에 방치되어 있다가 유실되었다는 연락
나는 오늘도
플라스틱을 읽고
플라스틱을 먹고
플라스틱을 피우고
플라스틱을 껴안고 잠들었고
네가 어디서 어떤 시와 살고 있는지는 알 수 없다

겨울의 상실

새벽에서부터 뒤늦게 달려오는
당신은 나는 당신들은 우리는
해가 진 오후 열두 시를 향해
잠든 한낮을 향해
어제를 향해

출발했어

불투명과 반짝거림
물체와 심미의 사이로
어루만지려 뻗었던 손을
기어코 잃어버리고 말았어

겨울이 오면
깨어지는 세계이고
눈을 감아버린 나이고
하릴없이 흘러들어오는 눈이고

그저 그렇게 쌓여있어요
잡히지 않는 형체를 끌어안을 때의 상실처럼

착각하는 삶

녹아내리는 실재와 사라지는 해변
바다에게서 떠나왔던 날과
또다시 떠밀려온 우리의 이름

플라스틱으로 된 사랑을 씹어먹는
따사롭고 가려운 아침
속이 울렁거릴 때 알코올을 삼키고
마음대로 튀어나오는 언어를 끌어안는 밤

너는 깨진 달걀이 되었어
흰자의 세계는 흘러내리고
어디로 태어나야 할지 모르는 노른자

그야말로 출발해버린 삶을
우리는 참아주었다가 울었다가 멈추려 했다가
날달걀을 먹고 먹고 토해냈다가

자꾸 이어지는 착각하는 삶

정원

유년기에 만들어진 정원
날카로운 햇빛이 물렁해지는 곳
그리고 빛이 부유하는 곳
그래서 시야가 흐릿해지는 곳
10년 전에 날아들어 온 새 떼가
여전히 같은 자리에서 썩은 모이를 쪼는 곳
그러나 멈추지 않는 비는
오직 내가 서 있는 곳에서만 내리지 않는다
더 넓어지면 잠겨버릴 텐데

비추지 못하는 거울들이 땅에 박혀있다
대신 그곳에서는 보여주는 것이 있다
검은색 배경에 셀 수 없이 찍힌 붉은 점
모든 거울 앞에 의자를 끌어다 놓느라
흩뿌려진 마음을 주워오는 것은 미루기로 했다

정원에는 공석이 많고
너무 빽빽하다

장지민

우리는 자기 자신밖에 될 수 없기에
사랑을 한다 믿습니다.

다른 세상을 엿보며, 자신만큼 아끼며,
우리 자신이 아닌 존재가 되고자 하는
헛된 꿈에 애쓰지 않게요.

instagram.   @lovist_0419

『가까스로 불수의적 해피엔딩』

다감한 날들에
온유한 마음을 전합니다.

기적을 기다린 적 없었으나
감사하게도 다녀간 순간들을 기억합니다.

내일이 빚졌고, 어제가 비춰준 오늘을
소중히 여길게요. 앞으로도.

무엇도 돌이킬 수 없으니
돌아가지 않아도 좋을 만큼 사랑할게요. 앞으로도.

안녕,
이 인사가 무망한(務望) 다짐이 아닌
첫 번째 겨울에

지민.

그런 것들

밥을 먹고 침대 위에 앉아
시집을 꺼내 읽었다

몇 개의 구절에 거미줄에 걸린 나비처럼
시간에 포개어 잠든 파노라마가 눈을 뜬다

선명한 흑백 영화
또렷한 무성 영화 같은 그날과 그때

고작 활자의 나열이 뭐라고
이어 나른 단어 몇 개가 뭐 그리 대수라고
두 손에 얼굴을 파묻고 자조한다

그러나
그러기엔,

그런 것들이
내 삶이기에

그런 것들의 전부가
당신이었고, 나였기에

뭐라도 하라는 조언 속엔

온종일 청소하고 낮잠을 자고 글을 썼다
뭘 하는지 모르겠으나 뭐라도 했다
선 채로 먼지처럼 부유했다

존재가 부재로 성립되고
기억이 슬픔의 근원이고
행복은 눈동자 속 그림자라는 걸
그 누구도 알려준 적 없었다

세상에서 가장 아픈 말은
사랑했던 이의 미안해

침묵이 흐느낀다
고요가 발버둥 친다

사랑으로 무너진 이에게
뭐라도 하라는 조언 속엔
사랑은 없었다

당신이 없었다

새벽의 소원은 유실

관람차 아래 움직이는 까만 점들을 본다
당신 뒷모습의 걸음을 눈으로 좇는다
그러다 이내 홀연히 사라진다

끝내 버리지 못해 잃어버린 상념이
꿈결처럼 맺힌 유리창을 닦는다

당신을 찾을 수 있지만
더는 찾지 않는다

갖지 않으면
잃어버릴 수도 없으니까
잃어버렸다는 건
잠시라도 가졌다는 거니까

허한 체념을 먹어 체한 새벽 5시
일출이 몰려오는 속도는 시속 영원

당신에게 유실되길 바라는 나의 새벽은
언제 당신으로부터 깨어나려나

만약

안개는
때맞춘 아침노을을
감싼 안은 걸까
잡아먹은 걸까

흐려진 것들은
선명한 것들의 쉼터였을까

답 없는 질문을 던질 때마다
두 눈엔 수증기가 피어오르고
서럽지만 서러이 울지 못한 밤이
당신을 대신하여 달을 띄웠다

만약,
당신 뒤에 숨은 게 나였다면
난 당신을 안아줬을 텐데

그랬을 텐데

가장 이상한 일

가끔 호흡이 하얗게 쓰라리면
별이 된 이를 생각합니다

당신에게 이 밤이 휩쓸려갈까
두서없이 서색을 씁니다

어떤 꽃은 가을에 핀다지요
기상 이변으로 봄에 눈도 오고요
저 먼 어느 나라의 밤은 낮보다 밝답니다

그런 이상하고 기이하고 신비로운 세상에서
당신을 사랑하는 일 하나쯤이야
떠난 당신을 그리는 일 하나쯤이야
가슴에 당신 하나 새기고 사는 것쯤이야
별거 아닐 겁니다

내겐
당신이 없다는 게 가장 이상한 일이니까요

유토피아

너를 쓰는데
네가 적히지 않는다

너는 갔는데
네가 멀어지지 않는다

널 사랑하며
모든 것의 무용함을 깨닫는다
나도 너도
제대로 읽히지 않기에

그 간극을 좁히려
부지런히 쓰고 걷고 찾는다
사랑을 담을 희망을

그렇게
오늘, 지금, 이곳의 유토피아는
너를 닮아간다

그러므로 나의 섬에선

메마른 땅에 꽃을 피운다
웃음으로 달을 띄운다
손끝으로 빛을 피운다
낙루로 강이 물결친다

나의 섬에선
당신이 내게 남긴 것들을 사랑하여
남기지 않은 것까지 만들어 돌본다

그러므로,
어떤 사랑은 실재한 환상이고
어떤 삶은 기억의 놀이터다
어떤 나는 당신의 그림자다

그리하여, 나의 섬에선
당신이 없어도 당신이 있다

나의 이름은

사랑의 이야기에 등장하는 수많은 배우
주연을 탐내는 비극의 연인들
사랑마저 트로피 같이 전시되는 주연들

사람들에게 사랑받는 사랑이 전설로 불린다
사랑을 꿈꾸는 자들의 꿈이 된다

그러나 나는
사랑했고, 사랑하고, 사랑하여
잊힐 단역을 꿈꾼다

잊힌다는 건
좋은 거니까

다시 사랑해도
울지 않는 거니까

오지 않을 시간을
그리워하지 않는 법을 찾으러
사랑의 자서전에 발을 딛은 나의 이름은

하이얀 언어를 약속한다

영원 구원 애련 같은 하이얀 언어는
눈사람처럼 부드럽고 동그랗다

유독 부드럽거나 다정하거나 따뜻하거나
사랑하는 것들 앞에선 꼭 아래를 내려다본다

그어진 선 너머 상처의 테두리가 있을까 봐
멈춰서야 당신이 울지 않을 테니까

그러나
묻지 않으면 답할 수 없는 마음이 있기에

하이얀 언어는 늘
우리를
그것들이 긴한 절벽으로 밀어 넣는다

추락은 비상에 필요하기에
난 기꺼이 손을 내민다 맞잡는다
당신에게 하얗게 하얗게 바래어지게

장마 아닌 여름

장마같이 어둑한 외로움이 보인다
처마 밑의 퍼붓는 소나기가 아프다

그래도,
비는 그쳐

젖은 고민은 한여름 태양 아래 말리자
맘속 잠긴 아픔은 모닥불 속에 던지자

우리는 여름에 있으니까
다시금 괜찮아질 거야

비가 온다고 태양이 사라진 건 아니니까
밤이 온다고 아침이 증발하진 않으니까

내일이 오면
장마 아닌 여름이 어떤지
보러 가자
우리 같이

세계의 끝

물빛에 어린 이야기를 듣는다
인어의 음성 같기도
어린 날 자장가 같기도 한
염원의 바람결

들어 본 적 없는 소리가
발끝을 타고 흐른다

윤슬의 온도를 느끼며
태양의 걸음걸이를 따라간다

보랏빛 노을이 눈꺼풀 위에 내려앉는다
두 눈을 감으면, 또 다른 세상이다

꿈에서 만나
내 세계의 끝은 당신이야

어디에서든, 꼭

어느 날, 꿈속의 당신은 어린아이 같았다
같은 단어만 반복했고 동공이 심히 흔들렸다
무릎을 낮추고 간간이 답했다
그랬구나, 그걸 원했구나

배려가 몸에 배인 당신이 고집을 부리고
성격 급한 내가 같은 자세로 오래 견뎠다

새삼 당신 아닌 당신을 사랑하는
나 아닌 내가 이상할 법도 한데
무릇 자연스럽기만 했다
꼭, 현실처럼

어디 있든 당신은 당신이니까
어디서든 사랑은 사랑이니까
꼭, 지금처럼

당신을 사랑하지 않는 나는 꿈이어도 없다
당연하게도, 꼭

화양연화

12시가 지나면
뭇별의 동심(冬心)이 녹아 길을 밝힌다

우연을 믿고
운명을 딛고
사랑이 있고
시간을 짓고
닳도록 웃고

편안하게
행복하기에

밤에 피는 꽃처럼 은밀하고 조용히
매일 찾아오는 어느 순간에
우리를 조용히 심어둘게

교교한 달빛 아래
해밝은 새벽 틈에
황홀하게 피어나도록

네버랜드

영원, 구원, 소원인 당신은
모든 원이 그러하듯
시작도 끝도 없이
네버랜드로 날아갔다

평생 쓸 단어의 수보다 많은 별이 뜨지만
이별, 작별, 송별, 고별과 같이
온갖 별의 별명은 지구의 몫으로 남겨둔 채

적당히 완전하고
완연히 아름다운
그런 세계에서

사랑을 하고
사랑만 해도
사랑을 해서
아프지 않을
우리의 네버랜드에서

다시 만나

하얀 인사

고드름이 맺힌 피부 아래
벌겋게 갈라진 손등 위에
네가 사랑한 계절이 찾아온다

너는 이 계절의 무엇이 좋았을까
너를 사랑해도
너가 사랑한 계절을 이해하긴 어려웠다

그러나 그러한 무지가 서럽진 않았다
사랑은 전부를 이해하고 좋아하는 게 아님을
온몸으로 배웠다

당신의 인사가 하늘에서 하얗게 내릴 때
이제 더는 묻지 않아도 안다
알아, 나도 사랑해

그곳의 당신이 이것만은 꼭 알아줬으면 한다
네가 사랑한 것들은 모두 널 사랑한다는 걸
멀어도 여전히, 변해도 한결같이

분홍색 장미꽃을 고른 이유

역내 꽃집에서 분홍 장미꽃 한 송이를 샀다
여러 장미와 수국 아래 쓰인 꽃말은 잊었다

다만 내가 기억하는 건
그 앞에서 오래 서성이다가
네가 환히 웃을 때
너의 머리칼이 분홍빛이었다는 것뿐

이걸로 충분했다
장미의 이야기를 모른 채
선택을 내리는 이유는

앞으로도 충분할 거다
불안한 내일을 모른 채
오늘을 살아갈 연유는

너를 알았고
너를 기억하고
너를 사랑하고 있다는 것이므로

진자

함부로 왔다 가는 것들이 당신을 붙든다
겨울이었다가 첫눈이었다가 이별이었다가
슬픔이었다가 파도였다가 태풍이었다가

이리저리 흔들리는 것들에 당신이 머문다
마음이었다가 바람이었다가 평화였다가
꽃이었다가 별빛이었다가 시계추였다가

당신은
이 모든 것이었다가

간다

이름 붙이지 못한
여태 만나지 못한
당신 없는 미래가
당신에게로

그렇게
다시 내게로

온점은 삭제

완전하지 않아도
완벽하지 않아도
상관없다

완전과 불완 사이 도전을 축하할 테니까
완벽과 완성 사이 행동을 기록할 테니까

생의 이유는 대게 목적의 달성이 아닌
우연의 기쁨을 배우는 데 있으니까

당신을 만난 그 어딘가 싱그런 충돌처럼
다정을 품은 그 어느 날 재회를 그린다

결말을 아무도 모르게
당신과 나조차 모르게
온점은 삭제

The Unknown

We fear the unknown.
영어 문제집 속 짧은 한 문장에
다가올 의문의 답이 먼저 와있었다

그리고 내 사랑에 네가 왔다
마치, 초대장처럼

너로 인한 변화를 견뎌보고
요동치는 마음의 고저를 느끼고
일렁이는 심장을 따라 걷는다

비로소 문장을 고쳐 쓴다

I love the unknown.

평생 모를 수밖에 없는 이를
두려워하지 않을 용기가
사랑이기에

기적의 마침표

어떤 기적은 우연의 탈을 쓰고 와
아이의 손이 소매 끝을 잡아당기듯 유약하다
손등에 닿아 눈을 깜빡이는 햇빛처럼 여리다

어떤 행복은 비에 젖어 다가와
온풍으로 말려주길 바라는 듯 보이지만
실은 꼭 안아줄 사람을 기다린다

같이 젖어야만
소나기가 차갑지 않은 법이니까
서로를 마주해야
암청색 심해에 빠지지 않고 헤엄치니까

그러므로,
널 사랑한 나를 믿고 살아온 날들이
평생 찾아오고 바란 사랑 그 자체였다

사랑하는 것은 동시에 사는 것임을 느낀다
마침내 기적은 마침표를 찍는다

오택준

더듬거려 하지 못했던 말들

작은 상자 속 말뭉치를 꺼내볼까

분명해지는 이상 속

꿈꾸는 몽상가의 마음을 옮겨볼까

내려가는 기억의 직전

어설픈 감상으로 선명히 덧칠해 볼까

극본 같은 사랑의 순간

재채기 같은 추진력을 잠시 빌려볼까

고민만 하다가 덮어놓기 일상입니다.

instagram. @cherry._.b2

『열애?』

노력해도 부르지 못할 사랑들이 참 많습니다.

못 부를 이유야 지구의 사람 수만큼 있겠지만,

그것들 모두 각자의 사랑이고

이것들 역시 저의 사랑입니다.

사랑 팔아요

가격은 매기지 않을 테니
제 사랑을 가져가세요

넘치는 것들을 거두어 힘겹게
아프고 행복해가며 만든
이 사랑을 가져가세요

온몸에 돋은 아픔은
마음에 스치지도 못할 만큼
작고 얕은 영광이니
당신은 무엇도 신경 쓰지 말고
부디 사랑을 가져가세요.

사랑 말고 다른 거

사랑은 가치 있으나
이전에도 이후에도
진부함으로 이어지니
우리는 조금 다른 걸 합시다

선선하게 젖은 날
비 막을 것 하나 없이
여백 가득한 거리를 거닙시다

건조하다 못해
구름도 앗아간 밤하늘의
유일한 당신의 별을 찾아봅시다

적으로 가득 찬 밖을 등지고
어둠을 조금 몰아낸 안에서
적이 들을라 소곤소곤
밖을 소탕할 작전을 꾸며봅시다

흔해지지 말고
통념 되지 말고
다른 어느 것 아닌
각자의 특별함으로 남아봅시다.

여름 벚나무

그간 많이 달라졌다 말하니
다 괜찮다 하십니다

한철 다른 이들도 많다 하니
꼭 저 여야만 한답니다

말은 그렇게 하시어도
곧 변할까
끝내 변할까
걱정하는 모습이 부끄러워 도망가려니
발은 꼼짝 아니하고
당신은 이전처럼 스스럼없이 다가오시니
대찬 소낙비처럼 펑펑 울고 싶은 마음입니다.

마음 포기 선언

나 당신에 대해
무엇을 안다고
설익은 말들로
그대를 그리겠어요

선명한 추억,
확실한 취향,
웃음, 목소리, 향기, 언어, 꿈…

어느 하나 제대로 아는 게 없으니
당장 내일 세상이 끝난다고 하면
그때나
겨우 한번 추억해 볼게요.

배수구

소리 없이 허우적대는 두 다리
어서 내게 와 주셨으면 좋겠네요

빠지지 않는 몹쓸 것들은
열기에 녹거나 불타버리고
씻겨낸 더러운 비와 함께
당신이 내려왔으면 좋겠네요

건져지려는 몸짓은
수심만 더 깊어지게 하니
일찍이 내려오셨으면 좋겠어요

난 그대의 눈물까지
삼킬 준비가 되었는데
어째서 그리 싫어하시는지 모르겠네요.

머저리

암흑 해저 끝에서도
발견된 게 사랑이라면
미약하다 실망할지
강인하다 찬양할지
뒤죽박죽 혼란스러워
물속에서도
꿈
발 헛디뎌
넘어지고 말아요.

화창한 밤이네요

맑은 하늘을 보고 싶어서
해가 떨어지길 기다려요

아무것도 보이지 않으면
맑다고 믿을 수 있어요

나는 항상 그래요
나는 왜 그럴까요

바닥을 두드리는 빗소리는
듣지 않은 지 오래됐고
달과 별이 뜨지 않는 이유는
알지만 믿고 싶지 않아요

밤은 항상 맑아요
보이지 않아도 화창해요.

내 사랑은 텅 빈 방 안에 갇혀있어요

내 사랑은 텅 빈 방 안에 갇혀
작은 불씨가 꺼지면
홀로 나쁜 생각만을 하고 있어요

문을 두드리는 아무개 씨에겐
말하지도 위로받지도 않을 거예요

틈을 비집고 기어 온
개미 씨는 너무 가엾고
당당한 코끼리 씨에겐
내 방이 너무 좁네요

정돈되지 않는 것들을 모두 내쫓고
내 사랑은 텅 빈 방 안에 갇혀있어요.

꽃씨

당신은 잘 모르시겠지만
당신 집 앞에는 틔우지 못한
꽃씨가 가득해요

이름도 기억나지 않는 것들
묻어주다 들킬까 흩날렸던 것들
돌보는 법을 몰라 두었던 것들
내 마음대로 물어다가 놓고 온
떨어진 속된 것들이
그 앞에 가득해요.

입춘

어제는 간만에 열병이 나서
조금 서운했어요

나 홀로 이렇게 끙끙 앓나 싶어
예전의 기억을 돌아봤지만
계속 시렸던 그댈 보고
조금 더 서운했어요

그런데 오늘따라 어쩐지 따스한 당신을 보고
하루 정도는 더 아파볼까 싶어
예쁜 옷 입고 왔어요.

장마철

비 내리는 날이 좋았어요
우산 덕분에 당신 주위에
사람들이 못 들어왔거든요

또한 붙으면 눅눅하고 불쾌하고
그런 불편한 것들이 나는 좋았어요

하지만 이젠 달라요
그런 불편함을 겪을 수 있는
사람이 생겼더라고요

내 자리이길 바랐던
모두가 피할 법한 그 자리에 말이에요

덕분에 나는
화창한 날에도
얼굴이 젖어
매일 우산을 들고 다녀요.

고백 편지

편지 썼어요
내 말 주머니를 탈탈 털어
도망치려는 손을 꼭 붙잡고
떨어지는 시간 모두 맞으며
연필로 수줍은 보석들을
종이로 아담한 보석함을 만들었어요

하지만
전하려 집어 든 작은 상자는
생각보다도 더 무거워
아직은 전할 때가 아닌 것 같아요.

이상형

어쩌다 흩어진 작은 별들이
모두 모여
하나의 하늘에 가득 들어찰 때에는
적당히 익은 달빛을 따가요

하나밖에 담지 못하는
작은 바구니가 초라하지만
내 이런 선물도 사랑이라 할 수 있겠죠

달빛이 상하기 전에
나는 달려야 해요
다 까진 발이 부끄럽지 않게
무릎 꿇으며 온전한 선물을 전할 거예요.

전신 거울

그대는 미소가 참 가뭅니다
제 심장박동보다 한참을
빠른 음악을 틀어주어도
흥거운 행위가 전혀 없습니다
난 가끔 그대를 좋아합니다
반듯하지는 않지만
홀로 서 있는 모습이
참 우아하고 사랑옵습니다
금세 식었던 살결이 그립습니다
하루 수천 번을 입 맞추고
고운 손마디들이 춤을 추며
갖은 주름들이 파도치던,
악동 같은 두터운 털들조차
천천히 녹아 흐르니
굳지 않게 보내겠습니다.

핵폭발

화사한 빛 내뿜으며
삭막한 도시 한가운데
홀로 자라나는 꽃

인근에 살아있는 것들은
향기에 녹아내려
아름다운 양분이 되어
영광스러운 끝을 맺네

아아,
당신 참 이기적이게도 피었구나
경탄하며 사랑에 빠진
그 순간.

크리스마스 양말

파란 양말을 걸어 놓을 거예요
이유를 물으신다면
퉁명스러운 표정으로
그냥 이라고 대답할래요
선물도 별로 원치 않아요
누군가에겐 목소리 한번 들은 게
일 년 치 선물인걸
무심한 당신은 모르시겠죠
그럼 바쁘실 텐데
이만 조심히 가세요

내년에 또 봐요.

반성

찬 바람맞으니
이제야 생각이 나서 미안합니다
그리 좋지 않았던
모양이 먼저 떠올라 미안합니다
잘 지냈냐 묻지 못하고
원망이 앞서서
차디찬 말만 남겨서
떠나가는 길이 가볍지 못해서
끝까지 참 미안합니다.

헤어짐 앞으로

바스러지는 꽃을
사랑해 본 적 있으십니까
색 잃고 목 꺾여
사랑이라는 이름으론 넘기지 못할 것들을

이별이란 무자비한 폭력을
당해본 적 있으십니까
애정이란 입 발린 말 예정된 이별 앞에선
치기라고도 할 수 없는 빈 약속입니다

꽃이 떨어집니다
분분하지 못한 초라함이 떨어집니다
참 많이도 상하였습니다
볼품없는 내 사랑이 참으로 속상합니다.

바람꽃

내 바람의 꽃씨
미움 버리고
온 정을 다 주어도
씨앗 이상을 넘지 못합니다
두 번째 달이 오고
열 번째 달이 넘어가도
시간의 무용함을
첫 번째 달의 씨앗이 말합니다
해답을 물어도 묵묵부답이고
타인은 그저 타인일 뿐이니
내 것의 무용한 꽃씨
그냥 언 땅에 묻어버리고 싶습니다.

괴어

당신은 두 손가락으로
나를 집어 들고는
흉한 괴어를 낚은 듯
이리저리 휘둘러보아요

당신의 손끝에서
힘없이 축 처진 몸뚱이는
못생김을 감추려는 듯
이 악물고 파닥거리며
춤을 춰요 추태를 춰요

내 힘이 다해 슬며시 눈치를 보니
재미라도 뚝 떨어진 듯
차디찬 해안가에 포근히
날 던져두고 가네요.

왕영진

영화롭고
진실하게

서서히 물드는
감정의 찰나를
기록하고
퇴고하려

instagram.   @king_bada. yj
email.   wa0225ng@naver. com

『글자국』

보편적인 현명함보다는
특별한 어리석음으로 다듬은
새벽의 메모장

나의 생각들을
글에 슥 묻혀 봅니다.

그런 시

"자, 그러면 내내 어여쁘소서"

젊은 시인의 연시 속
먼발치의 아린 바람은
수십 년이 지난 지금
돌처럼 깎이고 깎여
어여쁜 고백이 되었다

지금의 아픔도 슬픔도
먼발치의 시간에선
당시의 그런 시처럼
깎이고 깎여
어여쁜 기억이 되련다

(이상의 '이런 시'를 읽고)

어린나무

우리 동네 산마루에는
자그만 묘목 하나가 심겨져 있습니다

그 어린나무가 올곧게 자랄 수 있도록
선배 나무들은 그를 지켜 보고 있네요

한여름 거센 장마에는
커다란 가지로 강풍을 막아주고
한겨울 굳은 땅에는
깊숙이 뿌리내려 흙을 풀어줍니다

따스한 봄의 햇살과 선선한 가을바람을
여린 나무가 온전히 받을 수 있도록
푸른 잎사귀들을 서서히 덮어주기도 하지요

묘목은 하루빨리 자라기를 바랍니다
사계절 항시 그를 포개주던 저 선배들처럼
나도 빨리 어른 나무가 되어
후배들을 지켜주기를 바라봅니다

조금 더 사랑해볼 걸 그랬다

풋사랑이라 부르기도 민망했던 그녀를
조금 더 사랑해볼 걸 그랬다
아릇한 향기로 웃어주던 그 미소가
이제 미련으로 남기에

정답과 오답으로 구분되었던 그 글을
조금 더 사랑해볼 걸 그랬다
나를 모조리 뺄어낼 그 감정이
이제 갈증으로 남기에

찬란하여 빛나는 줄 몰랐던 그 봄을
조금 더 사랑해볼 걸 그랬다
함께라서 푸르렀던 그 기억이
이제 추억으로 남기에

어느덧 훌쩍 작아져 버린 그대를
더 많이 사랑해야겠다
겨울밤 그녀의 아이가 깰까
조심히 덮어준 이불을 후회로 남기지 않게

비구름

흐린 날씨 우리 같지
서로의 빛들을 숨긴 채 말이야
참고 또 참다 터질 비애들은
우리가 빚은 모든 것들을
모조리 씻겨 보내겠지

그래

우리 마치 그림 같이
서로의 마음을 묵묵히 맡기자
묻고 또 묻어 쌓인 지혜들이
우리가 빚은 모든 것들을
완전히 지켜낼 수 있게끔

연찬하라

모든 찬미 뒤에는
그 찬란한 기쁨을 위하여
땀 흘려 뛰는 사람들이 있으며

모든 배움 위에는
그 거룩한 깊음을 위하여
피 흘려 거듭하는 이들이 있으니

그 두 가지에 의미가 달라도
본질은 같으니

그러니 우리 사랑하는 것에 연찬하자
더 기쁘고도 깊은 가치를 위해

파랑새

저 파랑새에게 필요한 것은 날개가 아닌
날개를 펼칠 수 있는 높은 하늘이듯이

저 소년들에게 진정 필요한 것은
이미 손에 쥐고 있는 붓과 펜이 아니라
쪽빛 꿈을 그릴 수 있는
새하얀 도화지일 것입니다

그 파아란 자유를 봐주길
소망을 고이 접어 보냅니다

연, 연 (戀, 緣)

그리움(戀)과 인연(緣)에
가는 실(糸)이 있는 것은
꼬여 풀기 어려운 사람이
끊음은 가장 쉽기 때문이랴

떠날 존재는 아무리 잡아도
떠나게 되어 있으니
연연하지 않는다는 말은
실을 풀 시도조차 하지 않는 것

울컥 핀 애틋함이 그리움으로 바뀔 때
나 오직 연연하리다
그 과정이 추하고 고되더라도
내가 사랑하는 것들을 놓지 않으련다

겨울냉면

신발에 뽀득거리던 눈이
아직 녹지 않고 버티던 추위
너는 항상 추운 냉면을 먹고 싶어 했다
언 숨을 내뱉으며 그 찬 것을 씹던 너는
감기에나 걸리지 말라는 나의 나무람에
그저 배시시 발그런 웃음을 띄었다

네가 입에 달고 살던
그 이한치한을 감기처럼 옮았나 보다
너의 손에 이끌려 가던
냉면집을 이젠 혼자 간다

김 서린 안경을 닦고
녹은 손으로 냉면을 집는다
한입에 이가 시렸고 넘김에 목이 얼었다
내 몸이 시린 건 이 냉면 때문인데
마음이 시린 건 누구 때문인지
밖에 쌓인 눈밭처럼 내 마음도 고이 묻는다

그림일기

나의 머릿속은 그림일기와 같아서
당신과 좋았던 모든 일을 끄적여 놓습니다

내 어색함에 미소 짓는 당신의 모습
그 밝은 웃음 뒤 어울리는 청량한 가로수
잎사귀 사이로 비춰지는 따사로운 햇살

당신과 함께 한 모든 순간들이
나의 일기장에 켜켜이 쌓여 갑니다

앞으로의 더 많은 순간들을
담을 수 있기를 바라 봅니다

Ctrl+B

너는 목소리가 크지도
말이 분명하지도 않은데
항상 또렷이 들린다

마치 키보드 자판에
'컨트롤 B'를 누른 듯
굵은 강조 표시로
귀에 띄인다

그 소리가 좋아서
너의 말이 좋아서
귀 기울여 나의 한곳에 저장해둔다

후숙

모든 성숙하지 못한 것을 응원한다

설익고 서툴며
때로는 미적지근한
그 어수룩함이
모든 이의 처음임을 알기에

젊은 날의 떫음마저 즐기자
오랜 시간 지나고
깊은 맛을 기다리며

열등별

저들은 내겐 없는 것들을 갖고 있어
그렇게도 빛나 보이는 것 같습니다
꽤 멀리서도 눈에 띄는 섬광들은
그들을 보는 이에게 최선으로 표현됩니다
그 찬란함은 타고남이기에
나의 부러움과 시기와 선망의 대상입니다

그 잘난 빛을 나 또한 주고 싶어
따라내 뿜어 봅니다

나는 달입니다
저기 저 황홀한 해의 빛을 따라내는
작고 볼품없는 위성입니다

그래도 그 열등함을 숨기며
꿋꿋이 이 자리를 지킵니다
나의 가짜 빛마저도
필요한 이들이 있으니

사랑, 비선형적 관계

어떤 존재를 사랑하게 됨은
나와 그를 둘러싼 모든 것이
변화하기 시작하는 과도기

불확실한 인과에
두려움이 차오르지만
곧 그 감정마저 품고

그제야 처음으로 사랑을 한다
비로소

낡은 불

오래된 것의 가치는
그저 그 존재만이 아니요

화석이 뭉그러져
땅속에 숨어있던 검은 물이
세상 가장 효과적인 연료가 되듯

불꽃이 꺼지기 전
마지막 혼신의 태움이
그 어떤 빛보다 밝은 섬광을 내뿜듯

누군가의 낡음은
반짝이며 피어나는 노련함

항해

머나먼 바다 끝을
헤엄치는 각자의 배들은
거센 풍랑과 높은 암초를
맞닥뜨린다

닻이 꺾이고 노가 부러져
이 헤엄이 멈출까 싶지만

드높은 창공이
우리의 가치를 증명하리
그 두 손으로 키를 놓지 마소서
시대를 짊어진 모든 이들이여

여명

심야의 한기를
완연히 간직한
새벽의 바다에
여명의 불그스레함이
고요히 물든다

지평선 끝 바르르 떨며
올라오는 주홍색 해는
그가 바라보는 모든 것에
넌지시 숨을 얹는다

얼어있던 모든 것이 녹는다
곧, 생명이다

겨울바람

눈부신 설경
연말의 해피뉴이어
그리고 제철 대방어회

추위마저 사랑할 수 있는
겨울 속 설렘의 단어들처럼

나의 말도
그렇게 간직되었으면

사계 :

봄의 사랑은 싱그럽게 피어나는
모든 미형들 속에서 그대만이
눈부셔 보이는 것

여름의 사랑은 폭우 속 손에 든 것이
우산이 아닐지라도 그대가 덜 맞게
가려줄 수 있는 것

가을의 사랑은 놀빛으로 물드러진
길거리 어귀에서 그대와 함께
바라볼 수 있는 것

겨울의 사랑은 매서운 한기에
모든 몸이 얼어도 그대에게 사랑을
표현할 수 있는 것

나는 어떤 계절보다
우리의 계절이 참 좋습니다

삶의 재무제표

어떤 이의 자산은
꿈과 인연, 행복 또는 경험
현재의 가치와 그 모든 것

귀속되어진 자본은
철없는 열정
조잡한 노력

갚아야 하는 부채는
아버지의 굽어진 등
어머니의 부르튼 손
굽고 불어 터진 그들의 청춘

'자산의 총계 = 자본+부채'

어떤 부채는 자본보다 너무도 무겁다

그런 시2

그냥 그런 시들이야

내가 오롯이 피워낸
이데아의 편린이자

현실에 종속되지 않은
믿음의 조각들

그리고
나약함과 상실감의
파편이 모여 만들어낸

스테인드글라스 같은 거

너에게는 알록달록할 수도
다른 너에겐 지저분할 수 있어

그럼에도 괜찮다면
조심히 소개할게
나의 영롱한 시들음

"체화를 거친 관념의 형상화와 세련된 언어의 직조 기술"

각각의 개성을 가진 시에 점수를 매겨 우열을 가린다는 게 결코 쉬운 일은 아니다. 그러므로 더욱 명확한 심사 기준에 기댈 수밖에 없었다.

이백호의 시들은 청춘(젊음)이라는 주제에 걸맞은 참신하고 감각적인 표현이 돋보였다. 주체적인 문체와 뻔하지 않은 상상력의 폭과 깊이를 두루 갖췄다. 일상에서 건져 올린 소소한 언어들의 변주가 가볍다기보다 신선한 느낌을 주어 공감대를 얻는데 성공했고 절제의 미덕으로 획득한 경쾌한 리듬도 힘을 보탰다. 무엇보다 관념을 비유적 언어로 형상화하는 일련의 과정이 체화를 통해 완성되었다는 믿음이 있었다. 전체적인 작품 수준이 고르고 완성도도 높은 편이었다. 응축된 감정을 활화산처럼 터뜨리는 언어의 직조 기술은 독자의 심장을 파고들어 공감을 이끌어내는 힘이 있다.

결국 좋은 시는 눈으로 읽고 입으로 노래하며 가슴으로 공감하는 것이다. 신중한 고심 끝에 만장일치에 가까운 심사위원들의 지지를 얻어 이백호의 대상이 확정되었다.

　박지환의 문장들은 세대적 아픔과 청춘의 고뇌를 독창적이고 절제된 감정으로 잘 풀어내고 있다. 시어를 부리는 힘이 있고 사유의 깊이도 상당했으나 그 중 몇 편은 관념과 이미지의 거리가 다소 멀게 느껴졌다.

　장지민의 시들은 차분한 호흡으로 숙련되고 성숙한 느낌을 주었다. 안정감은 분명한 장점이지만 너무 정돈된 문장은 오히려 긴장감과 흥미를 떨어뜨릴 수 있다. 반쯤 열린 문을 밀고 들어가며 느끼는 상상력은 시 읽는 재미를 배가시킨다. 시인이 몰두한 '사랑'이라는 관념을 구체적 체험을 통해 형상화하는 작업도 필요해 보인다.

　오택준의 작품들은 순수하면서도 개성 있는 화법이 눈에 띄었다. 다만 '사랑'에 한정된 소재의 단조로움과 상상력의 폭이 다소 좁게 느껴졌다. 대상을 향한 좀 더 다양한 시선과 시적 긴장감에 대한 깊은 사유가 필요하겠다.

 왕영진의 시들은 젊고 담백한 감성이 돋보였다. 다만 밋밋하고 진부한 표현이 다소 아쉬웠다. 꾸준히 사색하고 글을 쓰다 보면 멋진 작품을 쓰리라 생각한다.

 가볍고 유행에 민감한 시들이 넘쳐나는 시대.
 그 거대한 흐름 속에서 언어의 무게를 당당히 견디는 진중한 시인들을 만나 기쁘기 그지없다.
 다섯 분의 입상을 진심으로 축하드리며 젊은 시인들의 찬란한 앞날에 문운이 가득하길 기원한다.

시인 배성희

시인 배성희 (심사위원장)

현대시문학 등단

시집『그들의 반란』

　　　『차라리 비라도 내렸으면 좋았을 저녁입니다』

수필essay 『문학』

일정한 형식을 따르지 않고
인생이나 자연 또는 일상생활에서의
느낌이나 체험을 생각나는 대로 쓴
산문 형식의 글.
보통 경수필과 중수필로 나뉘는데,
작가의 개성이나 인간성이 두드러지게
나타나며 유머, 위트, 기지가 들어 있다.

박채린

누구나 하는 생각을 한다.
누구나와는 조금 다른,
내가 가진 조금 이상한 점이라고 한다면,
어렵게 말하는 습관이다.
사실 짧디짧은 생각을
길고 긴말로 가릴 수 있다는 오만이다.
펜을 잡으면 겸손해지니까,
글은 겸손해지려는 노력이다.
세상과 소통하고자 하는 발버둥이다.

나는 고유한 사람으로,
고유하기보다는 사람이기를 바랐던 어린 시절이 있다.

email.   cofls730@daum.net

『내가 사랑한 검은 모과』

언젠가 내가 저주를 받은 게 아닐까 생각한 적이 있다.
영영 누군가를 사랑할 수 없는 저주. 사랑은 꼭 영원할
것만 같고, 사랑은 꼭 고귀할 것만 같고, 사랑은 꼭 풍요
롭고 따뜻할 것만 같다는 환상에 사로잡혀 만들어낸 이
상이 나에게 기적처럼 나타나 줄 리가. 이제는 조금 알
것 같다. 사랑을 마주친 적도 없다고 생각했던 내가 그
토록 사랑을 그리던 건, 그 자체로 내가 사랑하고 있기
때문이라는 것. 사랑과 사람, 삶. 그것은 어찌 보면 입을
달싹이는 정도에 따라 겨우 구분되는 발음과도 같은⋯
그런 것이겠구나.

내가 사랑한 검은 모과

"나는 너라는 사람 자체가 좋은 거야."

언젠가 드라마를 보다가 이런 대사를 들은 기억이 있다. 애인과 산책하며 그 기억을 더듬었다. 나는 문득 "내가 지금의 내 모습이 아니어도 날 사랑할 거야?" 하고 물었고, 내 기억 속 그는 내게 당연하다고 답했다. "그럼 실은 네가 생각하는 만큼 내가 밝지 않은 사람이라면?" 하고 다시 물어오는 나에게 그는 다시 한번 당연하다고 답했다. 곧이어 답답하다는 듯, 그는 내 어깨를 붙잡으며 나에게 눈으로 한 번, 입으로 한 번. 이렇게 말했다.

"나는 너라는 사람 자체가 좋은 거라니까."

집에 돌아와서 그가 나에게 했던 말을 곱씹었다. 나라는 사람 자체가 좋다는 말이 도대체 무슨 말일까. 나의 외모가 바뀌고 성격이 바뀌어도 나를 사랑할 거라는데. 그렇다면 내 애인은 지금 무엇을 사랑하고 있는 것일까. 나의 껍데기도, 알맹이도 아니라면 내 애인이 사랑하고 있다는 '나라는 사람 자체'는 도대체 누구일까. 끝내 답을 내리지 못한 채로 수많은 밤을 보냈다. 그 말을 이해하지 못했던 건 내가 너라는 사람 자체를 사랑하지 못해서 그랬던 거였던 것 같다고, 우리가 헤어지는 날 나는 혼자 중얼거렸다.

그 말을 이해하지 못한 채로 가을이 왔다. 성인이 되고 나서 이런저런 핑계로 미뤄왔던 치아 교정을 시작했다. 질긴 음식을 먹기 힘들어 식성이 꽤 변했다. 코로나 때문에 대학 입학 후에도 쭉 본가에 머물렀었는데, 이제는 일과를 마치고 돌아가는 집이 서울에 있다. 집에서는 작고 귀여운 룸메이트와 함께다. 누군가와 있을 때 좋알대는 건 늘 내 쪽이었으나 이 친구와 함께할 때면 내가 들어주는 사람이 된다. 혼자 책을 읽거나 영화를 보는 시간이 늘었다. 눈 뜬 새벽에는 음악을 듣거나 글을 썼다. 진짜 나를 쌓아가는 기분이 들었다. 호불호 없던 나의 사전에서 '아무거나'라는 단어가 희미해지고 있는 것을 느꼈다. 지금까지 살면서 늘 기댈 곳을 찾아야만 했던 이유를 조금 알 것 같았다. 바깥에 있었던 기준들을 차차 내 안으로 옮겨오기 시작했고, 나는 막 스무 살을 넘긴 그때 겨우 한 살을 더 먹었다.

 책과 영화, 그리고 드라마를 좋아했다. 활자에서 촘촘하게 느껴지는 감정을 따라가다 보면 세상에 존재하는 감정을 서류 더미처럼 쌓아놓고 촤르륵 훑는 것 같았다. 영상 속에서 연기하는 배우와 눈이 마주칠 때는 그들의 감정이 엉킨 실타래처럼 그 자체로 뭉근하게 닿았다. 인간의 감정을 순수하게 느낄 수 있는 순간들이 좋았다. 똑같은 사람 한 명 없는 세상에서 똑같은 감정 한 겹 없음은 너무나도 당연한 명제였다. 그렇게 인간이 숨 쉬는 모든 곳에 쌓이고 있는 무한한 감정의 층을 하나씩 읽어가는 일이 나에게는 재미를 넘어 소중해졌다. 그중에서도 가장 깊은 곳에 아주 보편적으로 존재하는, 아주 날것의 감정인 '사랑'을 공부하는 일은 나에게 더 특별하게 다가왔다. 사랑이라는 감정의 표상은 결코 특정될 수 없을 거라는 이유 모를 추측이 그렇게 만들었던 것 같다. 그렇게 없던 취향 목록에 가장 새로 쓰인 단어가 사랑이었다. 나는 내가 사랑을 사랑하는 사람이라고 설명할 수 있게 됐다.

-

 영화가 너무 좋아서 영화 이야기를 같이 할 수 있는 친구들을 사귀고 싶었다. 영화 동아리에 들어갔다. 그곳에서 취향을 나누다 독립영화에 눈을 뜨게 됐다. 자본의 힘을 긍정적인 부분에서 체감했다. 경제적 어려움이라는 궁지에 몰려 작동한 창작자들의 독특한 실험정신에 매료되었다. 동아리 사람들과 함께 영화 이야기를 안주로, 밤새 술을 마시며 이야기했던 그 시간들이 아직까지도 꿈만 같다. 그 사람들은 나보다 더 일찍 '나'를 쌓아간 것 같았다. 자신이 좋아하는 것, 그리고 그것을 좋아하는 이유, 싫어하는 것, 그리고 그러한 이유를 잘 알고 있었다. 그래서 그들과 함께하는 그 시간이 더 좋았다. 내 사전 속 '아무거나'는 그들과 함께할 때면 더 희미해졌다.

〈헤어질 결심〉이 개봉했다. 친한 동기와 늦은 밤에 영화를 보고 나왔는데, 집에 돌아가는 길에 당장 바로 다음 날 아침 영화를 예매했다. 눈으로 울지는 않았으나 뇌가 먹먹했다. 순간이동이라도 한 듯 집에 돌아왔고 아무 말 없이 바로 침대에 누웠다. 영화 속 감정들이 내 안에서 멈추지 않고 질겅질겅 씹혔다. 눈을 감아도 그들의 정제되지 않은 눈빛이 머릿속에서 웅성거리는 바람에 그 눈빛 하나하나에 눈을 맞춰주는 수밖에 없었다. 그렇게 사랑이라는 정답 없는 문제에 답하려 애쓰던 영화 주인공들의 마음을 헤아리느라 밤새 잠들지 못했다. 해가 뜨자마자 아무렇게나 입고 영화관에 갔고, 영화를 다시 봤다. 처음보다 아주 조금 더 이해한 것 같았다. 엔딩을 보며 아주 조금 눈으로 울 수 있었다.

동아리 사람들과 만나서 〈헤어질 결심〉에 대한 이야기를 했다. 나는 그 영화가 다루는 사랑에 대해 한참을 떠들었다. 동아리에 〈헤어질 결심〉을 그새 6번이나 본 사람이 있었다. 커다란 눈을 가지고 있는 사람이었는데, 영화 이야기를 할 때면 그의 큰 눈에서 정말이지 빛이 났다. 6번이나 보면 영화를 이해하는 게 아니라 외우게 되려나? 궁금증이 생겼다. 모임이 끝나고 집에 돌아가는 길에 〈헤어질 결심〉을 또 예매했다.

어느새 나도 〈헤어질 결심〉을 6번 보았다. 볼수록 더 구석진 곳까지 볼 수 있었고, 그래서 구석진 곳까지 아팠다. 더 아팠다고 그 사람에게 이야기했다. 그도 엔딩을 다시 볼 때마다 더 깊숙한 곳이 저리다고 말했다. 그는 영화학과 학생이었고, 영화를 진심으로 사랑하는 사람이었다. 그래서인지 그와 영화 이야기를 하는 것이 유독 재미있었다. 장르, 감독, 국적에 상관없이 모든 영화를 사랑하는 그에게 좋은 영화를 추천해달라고 부탁했다. 그는 나에게 되려 어떤 영화를 좋아하느냐고 물었고, 나는 사람 이야기가 좋다고 말했다.

"사람 이야기? 그게 뭐야. 영화나 드라마나 뭐 다 사람 이야기 아냐?"

보통 친구들에게 내가 사람 이야기가 좋다고 말하면 돌아오는 대답이었다. 아니, 나는 '사람' 이야기가 좋다고. '사람'에 대한 이 야기 말이야.

"사람 이야기?"

그 사람도 똑같이 되물었다. 익숙했다. 그래, 영화나 드라마나 뭐 다 사람 이야기긴 하지, 하고 대답하려던 차에 그가 먼저 말 을 이었다.

"다르덴 형제가 만든 영화가 참 좋아. 진짜 '사람' 이야기야."

나는 웃었다. 그가 이어서 말했다.

"조금 우울한 영화긴 한데, 〈디 아워스〉라는 영화도 좋아. 꼭 우울하지 않은 날 봐야 해."

나는 그때 내가 무슨 표정을 지었는지 기억이 나지 않는다.

-

나에게 잘해주는 사람이 있었다. 어떤 사람이 좋으냐는 물음에 나는 '대화'가 되는 사람이 좋다고 말했고, 그 이후로 그는 내가 좋아한다는 책을 읽어왔다. 내가 좋아하는 시를 이해하려고 노력했고, 내가 그것들을 읽고 어떤 생각을 하는지 물어봐 주었다. 나는 고향 친구들과 그런 대화를 나눈 적이 없었다. 그런 내 친구들과 그 사람이 참 비슷해 보여서인지 나는 그 사람에게 내 감상을 말하는 것이 편하지 않았다. '-적이다'라는 표현에 관한 시를 읽은 적이 있었는데, 그 시를 통해 비유해보자면 내 고향 친구들과 그 사람은 여하튼 '시적인' 사람들은 아니었다. 그래, 실은 그 사람이 내 말을 듣지 않을 게 뻔하다고 생각했다. 내 말을 이해하지 못할 것 같았다. 대화에 참여한 인원은 두 명이고 서로가 서로에게 동시에 타자이나 나만 이방인이 되는 그 기분이 소름 끼치게 싫었다. 예상이 틀렸으면 차라리 좋았겠지만, 역시나 그는 내가 나를 가장 잘 표현할 수 있는 단어를 찾는 사이에 화제를 돌렸다. 내 말이 맺어지기를 기다리지 못하는 사람이었다. 그는 나와의 대화에서 항상 이런 말을 했다.

"그냥 솔직하게 말해. 뭘 그렇게 뜸을 들여."

뜸, 좋은데. 나는 뜸을 들이는 그 공백이 좋다. 가만히 기다리는 게 좋다. 말할 준비가 될 때까지. 서로의 말이 절로 무르익도록.

따뜻한 김을 내뿜으며 탱글탱글 윤기 어린 단어들이 모습을 드러
내면, 그제야 만족스러운 말 한 공기를 퍼줄 수 있도록. 동동거리
는 것은 발짓이 아니다. 눈빛이 동동거린다. 동동거리는 눈빛에
못 이겨 뱉은 설익은 말은 결국 상대와 나 사이를 멀어지게 한다.
내가 뱉은 말에 못 이겨서 상대를 밀어낸다. 그 사람은 침묵을 참
지 않는 일이 우리를 가까워지게 하는 행동이라고 생각했겠지만,
나는 그 반대였다.

　나를 알아가려는 그의 노력이 마냥 싫었던 건 아니다. 고마웠다.
그러나 그때 나는 나를 일방적으로 보여줘야만 했고, 곧 지쳤다.
매번 나를 소명하는 일은 부담이 됐다. 나를 그의 사전에 박아 넣
는 것 같았다. 퍽퍽한 시멘트 바닥에 꽂히는 기분. 나는 내가 아직
무언가를 '선택'할 수 있는 단계가 아니라고 느꼈다. 그때의 나는
너무 말랑하기만 했다. 나는 한참을 더 성장해야 하는데 내 말에
갇히는 꼴이 싫었다. 그래서 그의 질문에 하나씩 답할 때마다 나
를 옥죄는 말의 무게에 답답해했다. 그는 기억하지 못하는 내 말
을 나는 기억하기에, 그때 내가 뱉은 말 그대로 행동해야만 했다.
말과 행동이 다른 인간이 되기는 강박적으로 싫었으니까. 그래서
오히려 나는 '모순'과 사랑에 빠져버렸다. 내가 한 말은 곧 과거가
된다. 과거의 나와 현재의 나는 별개의 존재인 것. 나는 순간순간

변화하는-성장하는- 나를 인정해야만 이 강박에서 벗어날 수 있을 거라고 생각했다. 그래서 모순을 사랑하겠노라, 결심했다. 인간은 모순적이고, 세상은 부조리하다는 것을 나의 대명제로 삼았다. 나의 모든 발언과 세상의 시선으로부터 자유로워질 수 있도록. 나의 '줏대 없음'을 '성장'이라는 명목하에 정당화하고, 외부의 영향을 마음껏 흡수하며 자유롭게 휘둘릴 수 있도록 말이다. '선택'은 그 이후의 일이다. 갓 태어난 내가 최선으로 살기 위해서는 최선을 알아야 했고, 최선은 최악에 빗대봐야 알 수 있는 것이었다. 그렇게 나는 겨우 시멘트 바닥에서 빠져나올 수 있었다.

"어떨 때 연애를 시작한다고 느껴?"
내가 먼저 물었다.
"어느 정도 호감이 있으면 시작하는 거 아닐까."
나는 답변이 마음에 들지 않았다.
"엄청 좋아하는 게 아니더라도?"
그는 당연하다는 듯이 말했다.
"어떻게 확신하고 만나겠어. 만나다 보면 더 좋아지는 거지."
나는 여전히 답변이 마음에 들지 않았다.

"우리 만나볼까."

결국 그 말을 듣게 되었다. 놀랍지는 않았다. 30분 전쯤 눈치를 챘다. 나는 미안하다고 말했다. 그가 싫은 건 아니었다. 그러나 그도 나를 좋아한다기보다는 그쪽에 가까운 것 같았다. '그런 시작이 나는 싫은 거야.' 나는 끝내 이 말을 전하지 못한 채 생각으로만 답했다. 집에 안전히 들어왔다.

-

  영화 동아리 사람들과 모임을 끝내고 집에 돌아가는 길이었다. 영화를 정말 사랑하는 그 사람과 지하철 방향이 같아 나란히 앉아서 갔다. 으레 많이 친하지는 않은 사이에 어색한 침묵을 깨기 위해 하는 질문 몇 개가 우리 사이를 오고 갔다. 생각했던 것보다 불편했다고 일기장에 적어뒀다. 친구가 물었다.

  "왜? 그 사람도 뜸 들일 줄 모르는 사람이야?"

  아니었다. 오히려 나보다 뜸 들이는 것에 익숙한 사람이었다. 그는 전달할 수 없는 것을 전달하기 위해 아등바등하지 않았다. 그 여유가 부러웠다. 불편함의 원인은 나였다. 나는 그와의 대화에서 나의 한계를 발견했다. 그는 뜸을 들이는 사이에 생기는 공백에 적절한 공기를 불어 넣을 줄 아는 사람이었다. 내가 들이는 뜸은 상대를 질식시킬 것만 같은 진공이었는데. 그러니까 내가 꼭 부족한 사람 같았다.

"내가 단어 하나로 설명되면 얼마나 좋을까. 정말 간단할 텐데. 아무도 오해하지 않고, 아무도 해석하는 데 애쓰지 않아도 되겠지. 나도 말하기에 좋을 것 같아. 어떻게 전달해야 내가 생각하는 나를 전달할 수 있을지 머리 아프게 고민하지 않아도 되잖아."

그를 다시 만난 날 이렇게 이야기했다. 그는 내가 초조해하지 않았으면 좋겠다고 말했다. 자신도 그랬던 때가 있었다고. 왜인지 나는 그의 말에서 단단한 사랑과 신뢰를 느꼈다. 모순을 향한 사랑. 그리고 비로소 온전히 자신을 사랑하게 된 것에 대한 신뢰. 그는 나보다 세 살이 많은 사람이었다. 나는 한 살이니까, 그럼 그 사람은 네 살일까. 아니면 그보다 더 많을까. 내가 보기에 그 사람은 여섯 살쯤 되어 보였다. 내가 여섯 살쯤 되면 그처럼 뜸 들이는 게 편안해질까. 모순을 온전히 사랑하게 될까. 내가 끝도 없이 요동쳐도 그런 나 자신에게 아무렴, 하고 말할 수 있을까. 좋아하는 계절이 뚜렷해질까. 박찬욱 영화를 사랑하는 이유를 말할 수 있을까. 큰 용기 없이도 알랭 드 보통의 글을 읽고 느낀 감정을 표현할 수 있을까. 말할 '나'가 있고, 듣는 '너'를 믿고, 그 모든 순간을 자연스럽게 여길 수 있을까.

"모든 사람에게 너를 설명할 필요는 없으니까."

나는 고개를 끄덕였다.

그리고 멋대로 그 말을 해석했다.

'걱정하지 마. 나는 네가 좋아. 네가 5분을 뜸 들인다고 해도 그 시간을 나의 해석으로 채우지 않을 거야. 순수한 진공의 5분으로 너를 기다릴 거야. 네가 너를 가장 너답게 이야기할 수 있도록. 그리고 내가 그걸 가장 본연의 것으로 받아들일 수 있도록. 내 기다림을 네가 믿고, 네 공백을 내가 믿어서 아무 말 없는 이 순간을 완전한 대화로 받아들일 수 있도록. 그러니 나에게는 그렇게 해도 돼.'

그냥 내가 필요한 말로 왜곡했다. 아무런 해석 없는 기다림. 그리고 진심. 대화. 나는 그게 필요한 거였으니까.

내가 여섯 살이 되면, 내 세계를 만드는 데 성공했을까. 그 사람처럼 모순을 사랑해버리는 것에 성공했을까. 나를 믿을 수 있을까. 그의 삶을 사는 나를 상상했다.

-

〈사랑할 땐 누구나 최악이 된다〉 영화 포스터가 눈에 들어왔다. 여자가 행복에 함뿍 젖어 뛰는 모습이었다. 사랑에 빠진 사람이라는 걸 한눈에 알 수 있었다. 그 영화가 너무 보고 싶어서 영화관으로 달려갔다. 영화가 시작하고, 오슬로의 보랏빛 하늘이 높고 넓게 보였다. 하늘에 칠해진 보라색이 참 로맨틱하다고 생각했다. 영화를 보는 내내 '사랑'이라는 단어와 어울리는 인간적이고 자유로운 숨을 가득 마실 수 있었다. 내 안에 퍼진 산소를 자유로움으로 갈아 끼운 듯 핏줄을 채운 기체의 리듬감이 나를 붕 뜨게 만들었다. 잔뜩 취해본 적도 없으면서, 그런 느낌을 받았다.

  그에게 영화를 봤다고 말했다. 그리고 너무 행복했다고 말했다. 며칠 뒤 그가 그 영화를 보고 왔고, 우리는 영화 이야기를 했다. "내가 좋아하는 영화들은 이상하게 처음 시작할 때부터 나도 모르게 미소가 지어져. 그러고 나면 '아, 이 영화 왠지 좋을 것 같다.'하는데, 끝나면 거의 그렇더라고. 그래서 이게 설명이 안 돼." 나는 그 말을 듣고 미소를 지었다. 그 말이 정확히 무슨 말인지 알 것 같았다.
  "맞아."

-

나는 〈라라랜드〉를 좋아한다. 그 영화를 좋아하는 수백 가지의 이유 중 하나로 "사람들은 다른 사람들의 열정에 끌리게 되어 있어. 자기가 잊은 걸 상기시켜주니까."라는 대사가 있다. 내가 잊은 열정은 과거의 불타던 나를 기억하는 사람들이 일깨워주기도 했고, 옆 사람의 열정을 보며 내가 직접 살려내기도 했다. 그렇게 죽었다 살아나기를 반복하는 내 열정에 그 사람은 다시 산소를 불어 넣어 주었다. 그는 영화 이야기만 시작했다 하면 뜸의 여유를 즐기던 성숙한 모습은 찾아볼 수 없을 만큼 잔뜩 상기된 채로 삑사리를 내곤 했다. 그 순간 그는 트리케라톱스 이야기를 하는 5살 아이가 된 거다. 눈이 큰 이유가 영화를 가득 담기 위해서일까. 혼자 생각하며 웃었다. 활활 타오르는 그의 불꽃은 따뜻했다. 그에게 가서 자꾸 영화 이야기를 했다. 어린아이같이 흥분한 모습을 계속 보고 싶었다. 덕분에 나도 영화를 더 열심히 보게 됐다. 좋아하는 감독이 생겼다. 루카 구아다니노. 그의 영화를 볼 때 나는 배낚시에서 바로 건진 생선회를 먹는 것 같았다. 비린내나는 인간의 감정을 마주하게 하고, 펄떡거리는 마음을 씹게 한다. 그 마음이라는 놈은 한참을 씹다가 고소할 즈음이면 사라져갔다. 그 잠깐의 고소함 때문에 첫입에 들었던 거부감은 무시하게 된다. 멍한 표정으로 바늘에 미끼를 끼우게 한다. 낚싯대를 멀리 던지고 앉아 기다리게 한다. 입안을 혀로 훑게 한다. 비릿하게 남은 향을 음미하게 하고, 내 혀와 비슷했던 식감을 떠올리며 낚싯대 끝의 진동을 해석하게 한다. 감독은 이런 말을 하는 것 같다. '사랑하면 이렇게 돼. 사랑 앞에서 인간은 이래.'

-

"'소년이여 야망을 가져라. 무책임한 격언 따위에 저 바다를 호령하는 거야.'라는 가사가 있어."

내가 가장 좋아하는 인디밴드의 노래 중 가장 좋아하는 노래, 가장 좋아하는 부분이다. 우리는 나이를 먹어간다는 것에 대해서 이야기하고 있었고, 순수하게 거대한 꿈을 꾸던 시절에 대해 노래로 소통했다. 그리고 나는 영화라는 동심 어린 열정을 간직하고 있는 그에게 이 노래를 소개했다. '우린 아직 소년일까?' 속으로 물었다. 내가 보기에 그는 다윗을 삼킨 골리앗 같았다. 혹은 골리앗에게 먹힌 다윗. 내 앞에 있는 이 작고 용맹한 청년은 심지어 겉으로 보기에도 거대해 보였으니까 말이다. 그의 손에 지휘봉을 쥐여주고 싶었다. 그가 그걸 받아 들어 곧 바다를 호령하도록. 나는 아마 그때쯤부터 무책임하게 그를 사랑하겠노라, 마음먹은 것 같다. '단단한 사람아!' 미래의 나를 부르는 건지, 현재의 그를 부르는 건지 모를 말. 속으로 외쳤다.

그의 곧은 허리를 보면서 나도 허리를 곧게 세워야겠다고 생각했다. 그렇게 바르게 세워진 척추에 그를 따라 살을 붙이는 거다. 그게 내가 되는 거다. 차근차근 나이를 먹어가는 거다. 내가 올바르다고 생각하는 방식으로. 그렇게 다짐했다. 어느새 나에게 가이아가 생긴 기분이었다. 대지에 뿌리를 내리는 과정이었다. 나의 뿌리는 영양분을 흡수하는 것이었을까, 영양분을 내어주려 대지에 틈입하는 것이었을까.

-

나는 늘 강한 사람이 되고자 했다. 그는 강한 사람 같았다. 그래서 나에게 없는, 그러나 내가 갖고 싶은 모습들을 가진 그의 곁에서 그의 것들을 몰래 따라 했다. 꾸준히 따라 하다 언젠가는 습관이 되어 결국 나 자신이 될 때까지 모방해야지, 생각했다. 가끔은 초라해졌다. 그게 아직 내가 아니라는 것을 인정하지 않아서, 그때의 미숙한 자신을 받아들이지 않아서. 그래서 조금 우울한 날이었다. 우울하다고 생각하는 순간, 보고 싶은 영화가 생겼다.
"꼭 우울하지 않은 날 봐야 해."
그가 신신당부했던 그 영화. 〈디 아워스〉를 봤다.

그를 곱씹으며 우울해진 날, 반항이라도 하듯 그 영화를 봤다. 경고한 대로 영화는 줄곧 우울했고, 단 하루를 보여줌으로써 세 주인공의 고독한 일생을 느끼게 했다. 나는 이 영화가 너무나 마음에 들었는데, 나의 내면에 겹겹이 쌓인 자아들 사이에 나도 모르게 깔린 고독 때문이라고 생각했다. 그래서 그 사람이 이 영화를 추천했다는 사실이 어쩐지 서늘하게 느껴졌다. 그는 늘 꽉 차 보였으니까. 그에겐 고독이 스며들 공간이 없어 보였으니까. 그럼에도 어딘지 모르게 존재했던 텅 빈 향기를 복습했다. 아, 이따금 스치던 소외감이 이것이었을까. 나에게 있는 그 고독이 그에게 없을 거라 확신했던 나는 사람을 속단하는 존재였을지도 모르겠다고 생각했다. 영화 때문이 아니라, 그 때문에 울었다. 언젠가는 그날 울었던 이유를 명확히 설명할 수 있을까.

단 하루였다. 영화는 단 하루로 평생의 무게를 느끼게 했다. 일기장에 적어뒀다. 나에게 그러라고 한다면, 나는 오늘을 택하겠다고. 나는 고독이 아니라 사랑을 과제로 받았고, 오늘로 답할 수 있을 것 같다고.

우울을 못 이겨서 새벽 내내 나에게 잠겼다. 무슨 생각을 하는지 정돈할 수는 없는데, 머릿속을 가득 채운 물음표들을 쥐어짜면 어떻게든 눈물이 나왔다. 시집을 꺼내 들었다. 꼭 이해하고 싶었던 시가 있었는데, 지금이라면 가슴 깊이 읽어낼 수 있을 것 같았다. '나는 이제 너 없이도 너를 좋아할 수 있다.'라는 구절이었다. 접어놓은 모퉁이를 엄지로 꾹 눌러 시집을 펼쳤다. 이제는 달달 외운 그 구절을 굳이 활자로 마주하며 읊었다.

"나는 이제 너 없이도 너를 좋아할 수 있다."

한참 시끄러웠던 내 안의 말들이 우르르 익사라도 하듯 순식간에 졸음이 덮쳤다.

그 사람이 나오는 꿈을 꿨다. 내 꿈속에서 그는 한없이 가벼운 사람이었다. 내가 여태껏 바라봐 온 그의 무게감이라고는 먼지만큼도 찾아볼 수 없었다. 말의 힘을 믿지 않고, 연약하고, 나의 다름을 존중하지 않았다. 적잖은 충격이었다. 사람은 누구나 본모습이라는 게 있으니까, 실은 그 사람도 그럴 수 있지 않을까? 진짜로 그런 사람이라면 나는 내 뿌리를 거두게 될까? 〈디 아워스〉를 봤을 때 느꼈듯, 내가 모르는 고독을 그가 안고 있을 수 있다. 내가 모르는 잣대를 그가 품고 있을 수 있다. 내가 모르는 상처를 그가 덮어왔을 수 있다. 나도 누구에게든 솔직한 적 없으니까. 그럴 수 있다. 그럴 거다. 그렇게 생각했다. 그 사람을 좋아하게 된 건 그가 가진 단단한 모습들 때문이었다. 뜸을 들일 줄 아는 모습, 영화를 끝없이 사랑하는 모습, 내가 하는 '사람' 이야기를 알아듣는 모습, 좋아하는 것을 좋아한다고 말할 줄 아는 모습을 보고 그를 좋아하게 됐다. 그때까지만 해도 나는 그 이유가 있어야만 한다고 생각했다. 그 이유들이 나를 사랑이라는 감정에 묶어두는 밧줄이라고 생각했다. 사람의 감정에 스펙트럼이라는 게 있다면 사랑의 스펙트럼 속 아주 중심에 서 있던 그때의 나는 그 이유들을 다 잃은 기분이었다. 나를 묶고 있던 밧줄이 사라진 것을 느꼈다. 그럼에도 나는 움직이지 않았다. 그 중심에 더 단단히 발을 비볐다. 알고 보니 본래의 그가 그 이유들 중 단 한 가지도 지니고 있지 않은 인간이었더라도, 왠지 모르게 나는 계속 이 감정 안에 머물 것 같다고 생각하며 발을 비볐다. 이유가 이유가 될 수 없는 상황이 와도 나는 여기에 계속 서 있을 것 같았다. 사실 이미 이유를 잃었으니, 그게 사실이었다. 문득 깨달았다. 이유가 사라져서 오히려 그곳에서 나올 수 없겠구나. 그 사람에게 실망할 수 없겠구나. 끊어낼 밧줄이 없어 밧줄을 끊을 수 없겠구나. 도망갈 수 없겠구나. 도망가지 않아도 되겠구나.

그는 더 이상 내가 바라봐왔던 그가 아니게 됐다. 거기서 그치지 않게 됐다. 그는 적어도 내 세상 속에서 모든 사람으로, 모든 상태로, 모든 곳에 존재할 수 있게 된 거다. 그저 그 사람이기 때문에 내가 그 감정의 스펙트럼 안에 살 수 있음을 알았으니까. 이제 아무래도 좋았다. '그 사람 자체'가 좋은 거다.

-

새로 산 시집에서 '망중한'이라는 시를 읽었다.

지금부터는 모든 사랑하는 것을 모과라 부르기로 한다
모든 모과는 지하로 향하는 계단을 가지고 있고

계단 끝에는 암실이 있다 암실 문은 잠겨 있지 않지만
좀처럼 열리는 법이 없다

계십니까
대답 대신 누군가 돌아눕는 소리가 들린다
있다는 것 말고는 아무것도 알 수 없는 세계
10년을 기른 고양이의 얼굴이 불현듯 생각나지 않던 날처럼

손바닥 안의 모과는
꼬리를 자르며 모과 밖으로 도망친다

열리지 않는 문 앞에서 독백을 한다
마음을 쏟는 만큼 모과는 익어가지만

분주했던 마음이 방향을 잃고 주저앉은 뒤에야
모과의 검은 발이 보일 때가 있다

가까워지려는 의지만으로도 모과는 반드시 썩는다
당신이 모과 너머를 보기 시작할 때 모과는 이미 모과가 아니다

-

나는 사랑이 인간적인 감정이라고 배웠다. 그렇게 가르친 사람은 없지만 내가 그렇게 느꼈다. 인간은 끊임없이 성장하고 변화한다. 시간이 지날수록 얼굴에는 주름이 지고, 관절에서는 삐그덕 소리가 난다. 뇌세포는 점차 죽어가고 자꾸만 생을 잊는다. 이렇게 정착된 형태란 것 하나 없는 인간에게 어울리는 감정. 바로 사랑인 것이다. 지나간 인연을 떠올리며 "그때는 사랑이 아니었

다."라고 말하는 나에게 "그렇다."라고. 현재 나를 가슴 뛰게 하는 사람을 바라보며 "이 사람만이 사랑이다."라고 말하는 나에게도 "그렇다."라고. 그렇게 답하면 되는 거였다. '사랑'이라는 전제 하나로, 나는 모든 정의에 끄덕일 수 있게 된 거다. 그래서 지금의 나는 '껍데기도 알맹이도 아니지만 '사람 자체'가 좋다'는 말에 진심을 다해 고개를 끄덕일 것이다. 세상에는 이렇게 다양한 형태의 사랑이 있다는 것을 기억하겠다고 다짐할 것이다. 심지어 더는 대상 없이 관계만 남는 그것일지라도.

'나는 이제 너 없이도 너를 좋아할 수 있다' 나태주 시인의 시를 읽으며 끄덕였다.
드디어 그 시를 읽으며 끄덕였다.

임민지

갈림길이 앞에 놓였다. 이제는 선택을 하고 달려야 되는데, 아무것도 못 하겠다. 어디로 가야 할까? 일단 걷기 시작한다. 세상과 소통하고 싶다는 큰 소원을 가슴에 품고서. 세상아, 나한테 반해라.

『선인장꽃』

선인장. 햇빛이 강하고 물이 없는 척박한 환경에 견디기 위해 수분을 저장하는 형태로 진화한 식물. 잎은 가시의 형태를 띄고 있다. 꽃은 짧지만 화려하게 피워낸다. 할머니 집에 가면 선인장이 즐비해 있었다. 가만히 생각한다. 할머니와 선인장은 참 잘 어울린다. 선인장의 가시로 찔러본 내 피에는 할머니의 피와 같은 것이 흐르고 있는 게 틀림없다. 역시, 피는 못 속인다.

선인장꽃

할머니를 떠올린다. 내가 처음으로 청춘을 느낀 사람. 그리고 뒤따르듯 선인장이 떠오른다. 군산의 할머니 집에는 유독 선인장이 많았다. 좁은 방, 유일하게 햇볕이 잘 들던 창가 탁상 위는 할머니가 기르는 선인장 화분들로 가득했다. 까끌거리는 잔가시에 찔릴 수도 있고, 볼품없이 길게 자라 햇빛을 가리기만 하는데 왜 하필 선인장이었을까? 화분을 키울 거라면 다른 예쁜 꽃도 많은데.

"왜 선인장만 있어요?"

언젠가 할머니에게 물었을 때, 할머니는 가볍게 툭 말씀하셨다.

"좋으니께."

인터넷에서 선인장을 검색해 본 적이 있다. 척박한 환경 속에서 잘 자라는 선인장은 물을 조금 주어도, 토양이 썩 좋지 않아도, 타버릴 듯 쨍쨍한 햇빛 아래에서도 가리지 않고 잘 자란다고 한다.

최소한의 물만을 머금고 살기 때문에 잎은 가시로 변했지만, 거기에 핀 꽃만큼은 다른 어느 식물보다도 크고 화려하다고 한다. 1년에 며칠밖에 피지 못하기 때문에 새와 벌레 등의 이목을 끌어야 하기 때문이다.

선인장이 가득한 이유, '좋으니게'. 어쩐지 납득할 수 있었다. 할머니와 선인장은 잘 어울리니까.

외할아버지가 돌아가시고 6년이 지난 후에 할머니는 우리 가족이 사는 동네로 이사 오셨다. 아주 어릴 적부터 할머니는 멀리 떨어져 사셔서 명절에나 뵐 수 있었다. 그런 할머니였기에 크게 관심을 기울이지 않았었다. 가까운 곳에 살고 나서야 나는 비로소 할머니를 차분히 바라볼 수 있었다.

처음 깨닫게 된 것은 할머니가 긴 시간을 홀로 보낸다는 점이었다. 학원 갈 때나, 친구들과 시간을 보낼 때 종종 혼자 산책하시던 할머니를 마주친 적이 있었다. 언젠가 산책로 한켠의 벤치에 멍하니 앉아 있는 할머니를 봤을 때, 비로소 나에게는 익숙한 동네가 할머니에게는 낯선 타지라는 것을 깨달았다. 우리 집 여자들의 첫 번째 특징은 외로움을 잘 탄다는 것. 그래서 할머니가 조금 걱정되었다. 엄마에게 할머니가 외로워 보인다고 전했더니, 엄마는 가볍게 한숨을 쉬며 말했다.

"싸우는 재미가 사라지셔서 그래."

괜히 걱정이 되어 언젠가 한 번, 마음을 먹고 혼자 할머니 집을 찾아간 적이 있었다. 할머니는 반갑게 나를 맞이하시며 접시한 가득 귤을 내주셨다. 할머니가 사는 집은 허전하리만치 단출했다. 그 많던 선인장이 없어서일 거라고, 나는 혼자 짐작했다.

할머니가 성경책을 읽는 동안 나는 옆에 누워 귤을 까먹고 있었다. 껍질을 버리려고 쓰레기통을 연 순간, 갈기갈기 찢긴 사진을 발견했다. 할아버지의 사진이었다.

할머니를 돌아봤다. 마태복음, 혹은 마가복음을 열심히 읽던 할머니는 문득 고개를 들어 나에게 웃음을 지어 보였다. 할머니의 미소는 무척 푸근해서, 먼저 떠난 남편의 사진을 쓰레기통에 찢어 버린 사람이라고는 상상할 수 없었다.

우리 집 여자들의 두 번째 특징은 비밀이 많다는 것. 할머니는 내 나이 때쯤에 할아버지를 만나셨다고 한다. 그녀의 청춘은 언제나 할아버지와 함께였다. 할머니의 처음이자 마지막 연인. 나는 십 대 후반부터 연애를 시작했고, 이별은 매번 여운을 남겼다. 몇 년, 심지어는 몇 개월의 연애조차도 아련한 기분과 흔적들을 남기는데, 일평생을 같이 산 할아버지에게서 할머니는 어떤 감정을 느낄까? 몇 번인가 물어본 적이 있지만 대답 대신 돌아오는 것은 언제나처럼 푸근한 미소뿐이었다.

한참 쓰레기통을 들여다보다가 그냥 껍질을 버리고 뚜껑을 닫아두었다.

우리 집 여자답게, 엄마도 비밀이 많다. 아빠와 달리 어릴 적 애기를 잘 해주시지 않는다. 하지만 종종 엄마가 던져주는 단서들을 통해 가지각색 할머니의 청춘을 엿볼 수 있다.

엄마는 이사가 싫다고 하셨다. 어릴 적 친구도 별로 없다고 하셨다. 할아버지의 사업과 함께 이사를 너무 자주 다녀서 늘 새로운 학교에 적응해야 하셨다고 한다. 경상도, 전라도 등등. 방방곡곡에서 장사를 하셨다고 한다. 내가 들은 장사만 해도 여러 가지다. 붕어빵 장사, 슈퍼마켓, 서점, 독서실, 짜장면집 등. 엄마는 장사가 싫다고 하셨다. 안정적이지도 않고, 쉬는 날도 없기 때문이다. 엄마는 가족 여행을 좋아하신다. 여름에 한 번, 겨울에 한 번 가족 여행은 필수고, 주말에도 종종 가족 나들이를 다닌다. 어릴 적에 가족끼리 놀러 간 기억이 없어 늘 아쉬운 마음이 있다고 하셨다.

할머니는 박카스를 좋아하신다. 154cm의 할머니 키보다 작았던 어릴 적 내가 할머니 집에 가면 할머니는 몸에 좋다며 박카스를 하나씩 까주셨다. 엄마는 카페인이 많다며 못 먹게 했던 박카스가 할머니한테는 보약이었다. 붕어빵 장사했을 때, 장사가 잘 안되어도 이걸 마시면 힘을 낼 수 있었다고 한다.

"엄마, 어린애한테 박카스 안 좋아. 이거 마시면 민지 밤에 못 자."

"그래도 몸에 좋은거여. 마셔도 돼야."

포장마차를 떠올렸다. 당시 내가 자주 갔던 붕어빵 포장마차는 추위 때문에 늘 김이 서려 있었다. 주황색, 초록색 포장마차의 안은 추위를 완벽히 막아주지 못했다. 목장갑을 끼고 팔토시를 낀 할머니. 기다리는 사람은 오지 않고 식어가는 붕어빵 앞에서 박카스를 마시는 할머니의 모습. 적은 단서로 멋대로 그려본 할머니의 모습에서 할머니의 감정을 느껴볼 수 있었다. 덤덤하게 말씀하시는 과거. 그때도 할머니의 과거에는 웃음 짓는 모습보다 말 수 없는 모습이 더 잘 그려졌다. 할머니의 청춘에는 장사도 있었겠지.

요즘도 가끔 박카스를 마신다. 할머니의 이야기를 들어서인지 박카스를 마시면 내 몸에도 바짝 힘이 도는 것만 같다. 등굣길에, 혹은 실습으로 진이 다 빠진 하굣길에. 하나를 사서 단숨에 들이키면 정신이 돌아오는 것 같다. 몸에 좋은지 나쁜지는 모르겠다. 지치고 힘이 들 때면 그냥 지금 당장 기운이 필요해 박카스를 찾게 된다.

기운이 필요할 때 내가 박카스를 마시는 것처럼, 할머니의 힘의 원천은 교회일 것이다. 나에게는 얼굴도 보지 못한 삼촌이 있다. 엄마의 큰오빠. 그러니까 할머니의 큰아들. 무척 잘 생기고 인품이 좋은 분이었는데 스무 살 무렵 교통사고로 돌아가셨다고 한다. 이상한 점은 그분의 사진조차 본 적이 없다는 것이다.

　우리 할머니는 성경책을 매일 읽으시고, 공부에 대한 잔소리는 안 해도, 교회에 안 가면 잔소리를 하신다. 할머니는 마흔 좀 넘어서 죽을 것 같이 힘들었을 때, 예수님을 믿고 위안을 얻으셨다고 한다.

　나는 할머니가 예수님을 믿기 시작했을 때와 또 다른 나의 외삼촌이 하늘나라로 돌아가셨을 때의 연관성을 추측해본다.

　"할머니랑 할아버지랑 엄청 슬프셨겠다." 얘기를 듣고 내가 말했다. "원래 자식은 가슴으로 묻는 거야." 엄마가 말씀하셨다.

　보통 할머니들은 손주를 자식보다 더 예뻐한다고 들었다. 우리 할머니는 해당되지 않는다. 할머니는 나보다 엄마를 더 예뻐하신다. 할머니의 잔소리는 늘 두 가지로 나뉜다. 예수님을 믿는 것과 엄마한테 잘하라는 것. 요즘 들어서야 할머니는 내가 엄마의 미모를 가까스로 뛰어넘었다고 하시는데, 단지 내가 엄마보다 젊다는 이유에서였다.

"워메. 이제 민지가 선주보다 더 예쁜 것 같어. 잉?"

"당연하죠." 우쭐한 기분에 말하면,

"그건 아녀. 지금 니가 내 딸보다 예쁜 건 젊어서 그런 거지." 타박이 돌아온다.

청춘은 할머니한테 '젊은 날'이다. 할머니가 이십 대였을 때의 사진을 딱 한 번 본 적이 있다. 날씬하고 패션 감각도 뛰어난 낯선 모습의 할머니. 나와 내 동생이 할머니 미인이라며 호들갑을 떨자, "그땐 예뻤지."라고 하셨다. 이제 나를 보면 젊어서 좋겠다고 하신다. 젊어서 예쁘다고 해주시는데 살짝 나를 부러워하시는 것 같다.

엄마랑 아빠가 할머니 세대에 대해 말씀해주신 적이 있다. 모두가 다 힘들었다고 한다. 할머니 할아버지 세대의 노고가 있기에 지금의 우리가 이 정도로 누릴 수 있다고 했다. 대부분이 가난하고 힘들었던 시기. 당연히 우리 할머니 할아버지도 예외는 아니었다. 그래도 할머니는 예뻤을 것이다. 젊었으니까.

나는 엄마를 닮았다. 어릴 적의 엄마 사진은 나랑 비슷하기 때문에 보는 재미가 있다. 나는 사진 속 엄마의 얼굴을 보다가 엄마와 할머니의 과거를 엿본다. 배경으로 삼은 집을 보면 어떻게 살아왔는지 대충 그려진다. 사진을 보고 스스로와의 약속을 맺었다.

'난 꼭 잘나서 엄마가 이 세상의 모든 좋은 걸 누릴 수 있게 해줘 야지. 아빠도. 할머니도.'

엄마의 청춘은 할머니의 청춘과 묘하게 닮았다.

엄마와 아빠가 대학 졸업하기 전에 IMF가 터졌다. 좀 커서 아빠한테 결혼 초의 엄마, 아빠 얘기를 들었다. 아빠와 엄마는 광명의 작은 아파트에서 여정을 시작했다. 아빠는 한 달에 두 번 쉬었고, 그 쉬는 날마저 시골에 내려가 농사를 도왔다. 엄마는 맞벌이를 하며 육아를 맡았다. 어릴 적의 나는 친구들뿐만 아니라 친구들의 부모님까지 알아주는 짠순이였다.

"엄마, 아빠 이거 사지 마! 돈 아껴."

어린 내 입에서 저 말이 나올 때마다, 아빠의 마음은 찢어졌다고 한다. 할머니도 엄마의 청춘을 생각할 때면 마음이 찢어졌다고 하셨다.

코 수술을 했냐는 질문을 어쩌다 한 번씩 받는다. 자랑하자면 할머니로부터, 엄마로부터 물려받은 콧대다. 우리 집 여자들의 세 번째 특징은 콧대가 높다는 것이다. 얼굴에 있는 콧대도 높고, 남자 보는 콧대도 높다. 스무 살을 넘기고 할머니와 엄마로부터 누누이 들었던 얘기 중 하나는 바로 남자를 볼 때 능력을 보라는 것.

"교회 다니고, 능력 좋은 남자 만나라잉."

겉으로는 "네."해도, 솔직히 한 번도 동의해본 적 없다. 일단, 교회 다니는 게 아직까진 왜 중요한지 모르겠다. 능력이 좋은 것도.

엄마도 할머니랑 같은 얘기를 하신다.

"인성 좋고, 능력 좋은 남자를 만나야 해."

"인성은 인정. 근데 아직까진 능력은 모르겠어, 엄마. 난 나 혼자의 능력만으로도 충분히 잘 먹고 잘살 거라서. 그러면 별로 상관없는 거 아냐?"

"네가 아직 뭘 몰라서 그래."

"그래도 엄마, 이 얘기는 어디 가서 하면 안 돼. 요즘 시대에 이런 얘기 하면 큰일 나. 구시대적 사고야."

"이게 뭐가 구시대적 사고야. 네가 능력을 키워야 하는 것도 맞지. 그리고 능력 좋은 배필을 만나야 하는 것도 맞아."

"왜."

"그래야 너한테 좋아."

"아빠는 왜 만났어? 둘이 무일푼으로 시작했잖아."

"나도 아빠 능력 보고 만났어. 아빠가 똑똑하잖아. 처음 만날 땐 아무것도 없었어도 총명해서 가능성이 있다고 생각했지. 우리 득빈 씨 능력 있잖아. 그러니까 너도 비전 있는 남자 만나."

아무래도 엄마의 눈은 정확한 것 같다. 아빠는 절대 인정하지 않고, 되려 부끄러워하겠지만 남들 말고 내가 봤을 때 아빠의 능력은 시간이 갈수록 빛을 발휘하는 중이다. 그래서 할머니가 아빠를 좋아하시나 보다.

우리 집은 넷이서 되게 잘 논다. 화목한 편인 것 같은데, 가족과 보내는 시간은 대체로 재밌다. 어릴 적과 비교해보니, 여유에서 가정의 평화가 온다는 엄마의 말은 맞는 말이다.

가끔 산책 중인 할머니를 마주칠 때면 무엇을 하면 좋을지 나는 모르겠다. 할머니의 옆에서 뭐라 말을 붙여야 할지, 말이 아니라면 그저 안아 드리는 것이 옳은 건지. 한참 시간이 지난 지금에라도 더 자주 할머니를 찾아봬야 하는지, 아니면 내가 할 수 있는 다른 어떤 일이 있는지.

할머니의 마음은 내 몫이 아니라는 생각이 들 때도 있지만, 동시에 아주 가끔, 그러니까 지는 해를 보거나 바람이 심하게 불 때면, 자꾸 신경이 쓰인다. 그 마음을 뭐라고 부르면 좋을지. 당장 떠오르는 단어는 외로움이지만 그 말이 맞는지 어떤지, 나는 알 수 없다. 할머니와 나 사이에는 아주 멀지는 않지만, 그래도 아주 가깝지는 않을 만큼의 거리가 있기 때문이다.

다만 나에 대해, 우리에 대해, 그러니까 사람에 대해 생각할 때마다, 내게 제일 먼저 떠오르는 것은 그날 보았던 할머니의 표정이다. 할머니, 내가 아는 첫 번째 사람. 외롭고, 기운차고, 젊었지만 늙은, 나를 닮은 엄마를 닮은, 나의 할머니.

그 뒤로도 몇 번이고 선인장을 찾아보았다. 예전에 보았던 사막에서 자라는 커다란 선인장이 아니라, 집에서 키울 수 있는 작은 화분 몇 개를 골라 두었다. 다음 주, 혹은 다음 달이 될 수도 있지만 언젠가 할머니가 사는 곳에 불쑥 놀러 갈 것이다. 갑자기 외로움을 느낄 때, 누군가 사람을 만나고 싶을 때, 답답하거나 힘이 들 때, 예고 없이 할머니를 찾아갈 것이다. 그러면 할머니는 반갑게 웃으며 한 접시 귤을 담아 오거나, 박카스를 까주시겠지. 그 것들을 먹고 마시며, 할머니에게 새 선인장을 선물할 생각이다.

젊어서 예쁘고 찬란한 시절이, 백 세 인생에서 고작 십 년이 조금 넘을 뿐이라니. 가혹한 일일지도 모르겠다. 따지고 보면 모두가 다 선인장꽃 같다. 화려하고 향기롭고 빨리 지고. 하지만 그렇다고 해도, 그 볼품없는 녹색의 뭉치에서 꽃이 피어날 때는 다른 무엇보다도 빛이 난다. 곧 사라져 버릴지라도, 그 꽃은 참 많이 아름답다. 그런 일들을 생각하며 그저 살아가야 한다고, 할머니가 가르쳐 준 주문처럼, 하루하루를 보낸다. 그까짓 것쯤 다 괜찮다고 믿으며.

송이림

유독 큰 동그란 눈과 끝이 둥그렇게 뭉툭한 작은 손을 가졌습니다. 다리는 짧지만 달리기가 빠르며, 눈이 좋지 않지만, 관찰력이 좋습니다. 짧지만 빠른 다리로 여기저기를 누비며, 둥그렇고 커다란 눈으로 이것저것을 보아냅니다. 이렇게 여러 곳곳을 돌아다니며 이곳저곳 세상을 관찰해냅니다.

관찰의 산물을 깎은 지 오래돼 끝이 무뎌진 연필과 같은 모양의 짧은 손가락으로, 조그맣고 네모난 키보드를 툭툭 쳐내어 큰 직사각 화면에 옮겨냅니다. 저의 눈과 손 그리고 다리와 같이 동그랗고 짧고 또 길쭉한 모양의 검은 글자들이 흰 화면에 모여 또 다른 모습의 제가 됩니다. 다양한 저와 넘치는 세상을 글에 꾹꾹 담아냅니다.

instagram.   @ssong2lim

brunch.   ssong2lim@naver.com

blog.   blog.naver.com/ssong2lim

『일이삼
사랑!』

유독 습했던 2022년 7월의 여름부터 선선한 바람이 기분
좋게 불어오던 초겨울의 11월까지, 여러 시간과 공간 속,
22살 인간 대학생 송이림의 생각과 감정을 담은 글입니
다. 젊음의 시간을 보냈고, 청춘을 만났습니다. 무던히
사랑했고, 역시나 사랑이었습니다. 1랑2는 3과 꼿꼿한 4
랑을 담아 보냅니다. Love is A!!

일이삼 사랑!

1. 일랑

매년 이맘때쯤이면 마음이 일랑거린다. 일랑거린다. 일렁이거나 찰랑이지 않고 그 둘 중간 어디쯤의 마음으로 나는 일랑거린다. 일렁거리기엔 선선히 불어오는 겨울바람에 마음이 환기가 되고, 속없이 찰랑이기엔 서서히 고개 드는 올해의 아쉬움과 하나둘 눈이 마주친다. 그러므로 나의 마음은 일랑, 일랑이며 기분 좋은 선선한 바람과 하나둘 떠오르는 올해의 후회들을 천천히 마주한다.

11월의 초입. 사람들의 옷이 한층 두꺼워진다. 빽빽한 낙엽의 색들 사이로 서서히 파아란 하늘의 색이 드러나고 떨어진 낙엽은 길거리 알록한 타일을 만든다. 나는 신나 그 길 낙엽 타일를 밟고 다니며, 지나가는 낙엽이 나의 가을 발자국일랑 얼마 남지 않은 가을의 지나침을 아쉬워한다. 이 바닥의 낙엽들까지 누군가의 부지런함에 의해 쓸려 없어지면, 올해의 가을 흔적도 완전히 사라질 것이다. 가을의 흔적이 사라진 거리는 본래의 모습으로 돌아가 조만간 또 다른 계절, 흰색의 겨울을 마주할 준비를 시작한다. 이제 이 거리는 색 없이 깨끗해져 겨울의 흰 눈 카펫을 펼쳐낼 준비를 마친다.

"뭐 했다고 1년이 지났냐."
 -11, 12월 친구를 만나면 가장 많이 꺼내는 대화 서두 1위-

 그렇다. 가을이 가고 겨울이 옴은, 이번 년을 보내고 다음 년을 마주하라는 일종의 계절적 신호이다. 나는 이 계절의 신호를 불어오는 선선한 바람, 낙엽의 흩날림, 첫눈에 대한 기대 등으로 알아차리곤 한다.
 올해는 내가 대학생이 된 지 만 3년이 된 해이다. 지금 2학년이지만 무 휴학 반수를 했기에 논스톱으로 3년간 대학생 노릇을 하였다. (원래로면 벌써 3학년. 벌써? 뭘 했다고?! 이런 속도라면 진짜 비상이다. 이제 곧 졸업이다.) 나에겐 전 학교, 이번 학교에서 만난 여러 동기가 있다. 하지만 그들 중 나와 가장 밀접한 상대는 단연코 코로나일 것이다. 단연코로나. 코로나와 동기인 20학번이다. 그때 나는 미쳐 이 녀석이 이렇게 끈질긴 놈인지 몰랐다. "안녕! 다음에 또 보자." 정도의 형식상 인사를 하고 결코 '다음에 또'는 없는, 그냥 스치는 수많은 인연쯤 하나로 생각했다. 그랬는데, 천만의 말씀 만만의 콩떡이었다. 코로나 이 녀석은 내가 강의를 듣든, 대학 행사에 가든, 친구를 만나든, 심지어 학교를 옮기어도 2년 동안 내 뒤꽁무니를 졸졸 쫓아왔다. 그래서 사실 고등학교 시절 상상하던 코로나가 없는 대학 생활을 맞이한 지는 1년이 조금 되지 않았다. 드디어 대학교 2학년, 만 3학년 코로나가 좀 잠잠해진 올해가 돼서야 1년간 짧은 대학 생활을 맛볼 수 있었다.

이제 나는 방구석 대학이 아닌 진짜 학교 캠퍼스에서 수업을 듣는다. 9월의 캠퍼스는 생각보다 훨씬 이쁘고, 활기차다. 드넓은 학교 광장, 개성이 묻어나는 옷가지들이 각자의 하루 속에 걸어 다닌다. 학교 곳곳 벤치는 강의 사이 혼자만의 꿀 같은 휴식, 친구와 함께하는 수다 타임, 사람이 많은 식당을 피해 열린 다과 모임 등 각기 다른 목적의 시간 속 알맞은 배경이 된다. 수업을 들으며 진짜 동기들도 만난다. 동기들과 공강 시간에 함께하는 학식 투어, 소소하고 재밌는 일상 이야기, 날 좋은 날 이쁜 학교길 산책 등 나의 일상이 다채로운 장면들로 가득 채워진다. 이제야

우리의 찬란한 청춘의 나날을 다 함께 얼굴을 맞대며 보낸다. OT
와 MT, 개강총회 등 다양한 행사들도 대면으로 진행된다. 모두
컴퓨터의 네모난 화면에서 벗어나 서로의 동그란 얼굴과 더 동그
란 눈을 직접 마주하며 먹고, 놀고, 마신다. 선배들의 오랜 추억
이 있는 학교 앞 지하 술집 '아름다운 시절'에 모여, 이제 막 시작
한 우리의 아름다운 시절을 그 뒤에 이어 적는다. 여기저기서 들
려오는 '짠' 소리와 함께 동그란 잔 안에 찰랑이는 술을 덜 둥그런
목구멍 안으로 넣는다. 술기운에 일렁이는 속을 붙잡고 여러 색
의 네모난 간판들이 찰랑 반짝이는 신촌 거리를 함께 까르르 웃
으며 걷는다.

학교 축제와 응원전도 다시 열린다. 3년 만에 열린 여러 행사는
4년 동안 힘을 모은 월드컵 축구 선수같이 더욱 크고 완전한 폼이
다. 화려한 개인기로 성장한 자신의 실력을 뽐내듯 축제도 한층
업그레이드된 모습으로 학생들을 마주한다. 4년에 한 번 흥분 가
득 월드컵 관객처럼 3년 만에 마주한 우리도 한껏 들떠있다. 20학
번부터 22학번까지 그동안 참아왔던 젊음들을 압축해 골처럼 팡!
팡팡! 터트린다. 조금 내성적인 성격 탓에 '나는 그냥 (코)로나랑
어울리는 사람인가.'라고 생각했던 나도 그와 그 언제 친구였는지
도 모르게 누구보다 재밌고 신나게 대학 생활을 즐긴다. 이런 내
모습에, 나도 로나도 깜짝 놀라곤 한다.

이번 학기는 알록달록한 낙엽의 색처럼 정말 다양하고 풍부한 감정들로 기억될 것 같다. 유독 떨어지는 낙엽들이 눈에 밟히고 불어오는 겨울바람이 차더라니 이번 가을이 지나감이 아쉬운가 보다. 빛나는 젊음이 가득한 나의 갤러리를 둘러보며 조금 늦었지만, 아니 늦었기에 오히려 더 재밌는 대학 생활을 보냈음을 생각한다. 핸드폰에 저장된 다양한 색감의 사진들을 본다. 그 속에 내가 캠퍼스 곳곳에서 동기들과 함께 환하게 웃고 있다. 나의 젊음의 시간을 함께 채워준 사진 속 청춘의 얼굴들에 올해가 가기 전에 고마움 가득한 편지를 써 보내줄까 보다. 바닥에 쌓인 이 낙엽들이 없어지기 전, 눈이 와 하얀색으로 길이 덮이기 전에 편지 속에 나의 기억의 글자를 꾹꾹 담아내 보내고 싶다.

"아쉬운 부분도 있고 보람찬 부분도 있고 그러네요"
'아부보부' -신하균-
2019년 드라마 〈나쁜형사〉 종영 소감, 2020년 드라마 〈영혼수선공〉 종영 소감, 2021년 드라마 〈괴물〉 종영소감, 2022년 드라마 〈유니콘〉 中.

모든 일에는 아쉬움과 보람이 있기 마련이다. 어떤 상황에서 무슨 선택을 하든 어쩔 수 없이 우리에겐 일말의 후회와 정도의 성취가 따라올 것이다. 코로나로 대학 생활을 못 즐김의 아쉬움이 그랬고, 드디어 맞은 올해의 대학 생활의 보람이 그랬다. 그리고 코로나와 함께한 지난 2년, 이번 2학기 속에도 순간순간의 후회와 성취 역시 존재한다. 로나와 함께한 방구석 대학 생활 동안 많은 시간이 생긴 나는 공부도 하고, 책도 보고, 글도 쓰고, 영화도 봤다. 그 결과로 입시를 성공적으로 마무리 짓고, 취향을 찾고, 새로운 관심사를 얻고, 성장도 하였다. 나를 구체화하는 이 시간이 없었더라면 올해 대학 생활을 충분히 즐길 수 없었을지 모른다. 반면, 이번 학기에 많은 추억과 즐거움이 있었지만, 유독 바빠 정신없이 지나간 탓에 나만의 뚜렷한 성취를 얻어내지 못했다. 이제 맞는 겨울방학에, 다시 한번 나의 길을 구체화하는 시간이 필요할 듯하다.

그러니 우리는 그냥, 지금 주어진 상황을 마주하고, 즐기어 내야한다. 부족한 것과 갖지 못한 것을 아쉬워하기보단, 현재 우리에게 있는 것에 감사해하며 보람을 찾아야 한다. 후회만 하기에는 인생은 너무 짧고 아득히 찬란하기에. 인생은 여전히 아리송하고 정답은 없기에. 일랑이는 마음을 갖은 우리는 이 삶을 즐길 자격이 있다. 그리고 나는, 참으로 어여쁜 우리는 일랑이는, 더 일랑거려야하는 반짝이는 청춘이다. 그러니 아쉬워해도 된다. 과감히 도전하고 더 부딪치자, 충분히 실패하고 후회하자, 여기저기 여러 곳곳에서 다양한 순간들을 듬뿍듬뿍 경험하자. 수많은 청춘의 얼굴들과 함께 계절이 지나가듯 서서히 저물어 갈 우리의 청춘을 노래하자.

일랑이는 마음속 올해의 보람을 생각한다. 바닥에 수북이 쌓인 낙엽이 차가운 바람에 휘날린다. 일렁이며 찰랑인다. 눈을 감고 올해의 나의 아쉬움도 떠올린다. 보람과 아쉬움 그 속 일랑거림에 집중하며 천천히 올해를 회상한다. 이제야 올해의 가을을 가뿐히 보내줄 수 있을 것 같다. 곧 눈을 담을 이 길처럼, 나도 빨리 겨울을 마주할 채비를 시작해야지. 내일은 창고에 있는 두툼한 흰 이불을 꺼내어 먼지를 털어내고 깔끔히 정리된 침대 위에 깔아 내야겠다. 가을에게 인사를 건네며. 안녕 가을아. 그리고 안녕 나의 2022년.

2. 이랑

나에게는 두 명의 이랑이 있다. 그중 한 명은 가수 이랑이다. 가수 이랑은 2021년 나의 겨울 플레이리스트를 가득 채워주었다. 그녀는 노래하고, 춤추고, 글 쓰며 자신의 세계를 진술하고 솔직하게 내보인다. 나는 그런 그녀의 노래와 춤과 글이 좋다. 이랑은 혼란스러운 이 시대를 살아가며 절망하고 괴로워하는 모든 이들을 대변한다. 그녀는 자신의 혼란과 절망을 숨기지 않고 지금. 내가. 괴롭다는 것을 목소리로, 몸으로, 글로, 표현해낸다. 이 세상에 대한 실망을 침묵하지 않고 소리 내 세차게 발산한다.

작년 겨울, 그녀는 나의 대변인 되어주었다. 이랑의 노래를 들을 때면 내 안에 있는 이유 모를 혼란에서 벗어나 마음이 편히 차분해졌다. 이어폰을 통해 귓구멍으로 들려오는 이랑의 진회색의 목소리가 검은 절망 속 나를 괜찮다며 안심시켜주는 듯했다.

어느덧 수북이 쌓인 플레이리스트의 곡들을 시간을 역행하듯 뒤로 한참 넘겨, 오랜만에 다시 들은 그녀의 목소리는 여전히 진회색이다. 21살 겨울 그때의 기억과 감정들이 노래에 딸려 다시 내 마음속으로 스며들어 온다. 유튜브 영상 속 무채색의 옷을 입고 담담히 자신의 춤을 추는 그녀가, 인스타그램 사진 속 언니 장례식에서 검은색 옷에 흰색의 상주 완장을 차고 있는 그녀가, 아직도 사회에 만연히 도사려있는 여러 차별에 맞서 자신의 방식으로 투쟁하는 그녀가 나는 여전히 자랑스럽다.

이랑의 노래 중에 〈잘 듣고 있어요〉라는 노래가 있다. 언젠가 이랑을 만난다면, 나 또한 그녀에게 꼭 말해주고 싶다. "잘 듣고 있어요. 또, 잘 보고, 잘 읽고 있어요. 그래서 덕분에 잘 살아내고

있어요."라고. 이후 들려오는 이랑의 목소리가 여전히 진회색이
길 바란다. 솔직함을 잃지 않고, 본연의 자유로운 모습으로 자신
의 세계를 거침없이 표현해주기를 바란다. 세상에 절망하지 않고
세상의 절망을 표현해주길, 하루하루 절망하지 않으려고 애를 쓰
며 이 세상을 살아가는 이랑의 팬으로서 기대한다.

두 번째 이랑은, 나의 대학 선배이다. 21살 겨울, 한창 이랑의
노래를 듣던 그 시절 이 이랑도 처음 만났다. 나와 한 살, 한 학
번 차이가 나는 이랑 언니는 나보다 조금 작은 키에 긴 생머리를
고집하는, 본인만의 힙한 옷 스타일이 아주 잘 어울리는 멋진 나
의 선배이다.

사람은 같이 어울리는 사람에 따라 많은 영향을 받는다. 나 또한
그렇다. 주변에 누가 있는지, 그 누가 무엇에 관심 있고 어떤 걸
좋아하는지, 그리고 어떤 걸 싫어하고 무슨 일에 분노하는지에 따
라 정말 많은 영향을 받아낸다.

사람과 사람 사이 영향을 주고받는 행위는 우주 차원, 초월적 힘
으로 일어난다. 우리는 모두 같은 세상에 살지만, 모두 다 다르기
때문에, 세상을 온전히 같게 느껴내지 못한다. 이 지점에서 세계
는 개인적 차원의 다양한 우주로 분화된다. 같은 우주 시공간 속
각각의 다양한 80만 개의 세상이 공존하는 것이다. 우리는 같이

있지만 따로 있고, 같은 것을 보지만 다르게 본다. 따라서 타인과의 소통은 마치 다른 우주를 방문해 색다른 세계를 엿보고 오는 행위와 같다. 달 탐사를 위해 1969년 아폴로 11호에 탑승한 그 우주인의 마음으로 우리는 세계를, 서로를 탐사한다.

　이랑 언니의 세계는 지금의 나의 우주에 정말 많은 영향을 주었다. 언니 덕에 글에 더 관심이 생겼고, 좋아졌으며, 재미있어졌다. 언니는 글에 관심이 많고 좋아하며 심지어 잘 쓴다. '천하제일 논술 대회'라고 불리는 우리 학교, 그중 압도적 경쟁률을 자랑하는 우리 학과에, 수천 명의 글, 수만 개의 문장, 수억 개의 글자를 제치고 당당히 논술로 입학증을 따내었다. 수업 시간 언니가 쓴 글쓰기 과제는 항상 모범사례로 지목받아 발표되고, 수강생 중 가장 좋은 성적을 여유 있게 꿀떡꿀떡 받아낸다. 언니의 글쓰기 세계는 논설문 혹은 비문학에만 국한되지 않는다. 언니는 여러 장르의 글, 가령 문학을 사랑한다. 다양한 장르의 글을 쓰는 것에도 욕심이 있으며 과감히 시도하곤 한다. 내가 글과 쓰는 것에 관심을 두기 시작했을 때쯤 언니를 처음 만났다. 언니가 보여준 글에 대한 애정과 사랑, 그리고 내 글에 대한 격려와 응원은 나로 하여금 계속 무언가를 써 내려갈 수 있게 해주었다. 어쩔 땐 부러운 멋진 작가로, 다른 때는 고마운 열렬 독자로서 곁에 있어 주며 내게 큰 영향과 자극을 주었다. '글을 쓰면서 돈 버는 게 꿈'이라고 말하는 우리이다. 만약, 정말, 맙소사, 내게 그런 날이 온다면, 그 영광의 돈으로 언니에게 최고급진 소고기 오마카세를 대접할 것이다. 소고기가 싫다면 언니가 좋아하는 비싸고 맛있는 따뜻한 커피를 이십 잔 사줘야지. 우리에게 그런 날이 올 수 있기를, 내가 사는 소고기(이)랑 비싼 커피를 코스로 즐기며 마주 앉아 우주적 차원의 또 다른 영향력을 행사할 수 있기를 바란다. 혹시 모를 탐험을 위한 우주복을 점검하는 마음으로 계속 글을 써 내려가며 나는 기다릴 것이다.

　나의 자랑, 나의 두 명의 이랑.

3. 삼랑

　3.0랑

　'삼귀다'라는 말이 있다. 사귀기 전 썸 타는 사이를 숫자 사(4)의 전 단계 삼(3)을 사용해서, '삼귀다'라고 표현하는 것이다. 썸 탈 때 연인으로 발전하기 전, 그 미묘하고 간질거리는 감정들을 '삼귀다'라는 담백하고 삼삼한 단어로 포장하였다. 좋지만 혼란스럽고, 설레지만 모르겠는 알쏭달쏭한 감정들. 어디로 튈지 모르는 불확실성에서 오는 그 긴장과 설렘. 생각만 해도 마음이 간질거린다.

'삼귀다'라는 단어는 고등학생들 사이에서부터 유행이 되었다고 한다. 나 또한 고등학생 때 가장 '썸'의 감정에 과몰입하여 수줍어 설레었다. 풋풋한 풋사과의 냄새가 밴 듯한 풋내가 나는 기억. 사랑이 아닌 딱 삼랑의 정도.

나의 그 풋3랑은 고등학교 1학년, 수학을 잘하던 같은 반 남자아2였다. 반듯한 모범생 2미지에, 한가득 수줍음을 지닌. 그런데 매번 학교 축제에 나가서 상당한 노래 실력을 뽐내는 반전 매력2 있는 아2였다. 2런 그를 나는, 아니 대부분 여학생2 좋아했다. 수많은 경쟁자 속 나는 정공법을 택하였다. 어려운 수학 문제를 가져가 냅다 물어보았으며, 입시를 핑계로 괜히 2런저런 말을 걸었다. 사실 그 수학 문제를 푸는 방법은 2미 알고 있었으며, 내 코가 3 자여서 그 아2의 입시 계획은 정말 1도 궁금하지 않았다. 방학 보충 수업, 마주친 복도에서 수줍게 인사를 건네는 그의 모습과 내게 방과 후 시간표를 물어보는 그의 카톡은 내게 설렘과 동시에 조그마한 기대를 불러1으켜 주었다. 하지만 그뿐2었다. 그는 나보단 다른 여자아2들과 더 친한 듯했으며 중학교 동창과 연애를 시작했다는 2야기도 들려왔다. 그래서 나는 그냥 혼자 좋은 감정을 갖고 그렇게 1학년을 보내었다. 하지만 2후 서로 다른 반이 된 2학년에, 그가 나를 좋아했다는, 내겐 정말 놀라운 소문이 나의 귀까지 들려왔다. 그제야 하루종1 내가 물어본 수학 문제를 고민하던 그의 모습과 나의 질문에 입시 계획은 무슨, 자신의 꿈2 무엇인지도 잘 말하지 못했던 그의 쭈뼛함2 머릿속을 스치었다. 아무튼 그 소문 덕에 우리는 학교 스캔들의 주인공2 되어 아주 짓궂은 놀림을 당했다. 하지만 2 역시 그뿐2었다. 둘2 합쳐 코가 6 자인지라 둘 다 공부해야 했기에 그저 그렇게 우리의 소문은 여느 첫4랑의 결말처럼 조용히 저물었다.

그런데 얼마 전 우연히 SNS를 통해서 연락2 닿았다. 잊고 있던 고딩 시절 기억2 갑자기 풋풋한 단내를 내며 조금씩 피어5른다. 자연스럽게 자연스럽기 힘든 우리는 친구와 함께하는 꽤 자연스러운 만남의 약속을 잡았다. 그런데, 같2 보기로 한 친구의 1방적인 불참 선언으로 무려 5년 만에 자연스러운 2자 대면2 2루어졌다.

약속 장소로 향하는 길, 괜한 추억들2 생각나 기분2 무척 2상하다. 꽤 추워진 날씨 속, 먼저 도착한 그가 2자카야 앞 늘어선 줄 사2에 서 있다. 뒤2어 도착한 나는 그가 맞는지 긴가민가하며 그에게 다가간다. 눈2 마주친다. 그제야 서로를 알아본다. 방학 보충 수업 복도에서 마주쳤을 때와 같2 그가 수줍게 손 인사를 건넨다. 그리고, 그가 2번에는 쭈뼛거리지 않고 내게 말한다. '안녕, 5랜만2네!'

3. 79량

남녀관계는 정말 어렵다. 아직도 잘 모르겠다. 아마 결혼하기전, 아니 그 후에도 완전히 깨닫지 못할 것이다. 지금까지 활발히 이어지는 '남녀 사이에 친구가 있나'의 대한 뜨거운 토의와 내 주변만 해도 극명히 갈리는 **가지각색** 다양한 반응들이 이를 보여준다. 우선 나는 남녀 사이의 친구는 '있다'고 생각한다. 둘 중 한 명이라도 이성적인 감정이 없으면, 남녀 사이도 충분히 친구로 존재할 수 있다. 그런데, 이 관계를 정말 완전한 '친구 사이'라고 할 수 있을까? 허물없는 동성 친구 관계와 남녀 간 친구 관계가 온전히 같다고 볼 수 있는가? 그런데 친구란 뭐지? 친구도 서로 동의를 해야 하나. 이제 우린 친구야. 친구 서약이라도 써야 하나. 내 친구들은 나를 친구라고 생각할까? 으악! 이런 생각을 하면 정말 밑도 끝도 없다. 머릿속이 복잡하다.

하지만 아무리 생각해도 나의 삼귀다 역사를 논할 때 이 기억을 저버릴 수 없을 것 같다. 지금 우리는 친구지만. 그때 그 기억은 내게 아직도 **반짝**이는 정말 행복했던 기억으로 남아있으니 말이다. 우리는 서촌에 갔다. 아기자기한 일식집에서 나는 **빨갛고 초록고 또 파란** 명란 아보카도 덮밥을 그는 두툼한 **살굿빛** 언어가 올라간 사케동을 먹었다. 그리고 우리는 영화 〈라라랜드〉에 대해 이야기했다. 자기가 얼마나 라라랜드를 좋아하는지, 혼자 재

개봉한 영화를 보고 야무지게 한정판 **노란색** 포토 티켓까지 받았다는 들뜬 목소리의 그의 이야기에, 라라랜드에 푹 빠져 살았지만, 주위에 그 영화를 좋아하는 친구가 없었던 나는 동지를 만난 듯 기뻐 호들갑을 떨며 반응하였다. 그리고 우리는 영화 속 주인공 미아와 세바스찬처럼 천천히, 광화문 돌담길을 걸어 고즈넉한 **푸른** 분위기의 재즈바에 갔다. 재즈바에 간다고 신나 라라랜드 포스터 속 미아처럼 **노란색** 옷을 입고 온 나를 보고 그는 픽 웃음 지었던가. 그가 찍어준 사진 속 **노란색**이 퍽 잘 어울리는 나는 수줍은 미소를 짓고 있다. 우리는 **어두운** 재즈바에서 맛있는지 모르겠는 **흰** 치즈를 먹으며 이름도 모르는 곡들의 재즈 라이브 공연 봤다. 한참 뒤, 그곳에서 나온 우리는 마치 비현실 공간에 있다가 현실로 돌아온 사람들처럼 한 것 **상기**되어 있었다. 선선한 여름 **밤**의 공기에 **불그스름한** 볼을 가라앉히며 아무도 없는 버스 정류장에 나란히 앉아 집에 가기 위해 마을버스를 기다렸다. 미아와 세바스찬의 젊음과 **사랑**을 노래한 영화처럼, 우리도 우리의 청춘의 시간 속 **반짝**이고 있었다. 젊음의 순간 속, **빛나는 밤**의 광화문을 녹색의 버스를 타고 내달렸다. 버스 속 우리도 **반짝 빛나며 녹색**의 버스 안을 환하게 **밝혀냈다.**

그때 그도 나와 같은 감정을 느꼈는지, 나처럼 지금도 그 순간들을 기억하고 있는지, 생각은 하는지 잘 모르겠다. 내 생각보다 훨씬 무던하고 눈치가 없는 그이다. 그로부터 1년 반 정도 지난 지금 우리는 둘 다 **각양각색의** 세계를 담은 영화 〈everything everywhere all at once〉에 푹 빠져 있다. 그리고 수요일 오후 수업이 없는 나와 얼마 전 휴가를 나온 그는 오늘 함께 이 영화의 확장판을 보러 간다. 저녁 영화를 보기 위해 졸린 눈을 비비며 열심히 과제를 하고 있는 내 핸드폰에 '저녁으로 먹을 초밥이 기대된다.'라는 속없는 그의 카톡이 온다. 아. **노란** 카톡창에 한눈팔면 안 된다. 오늘 함께 시간을 보내기 위해선 지금 이 과제를 다 끝내놔야 한다.

　남녀 사이 관계는 여전히 잘 모르겠다. 확실한 건, '남녀 사이에 친구는 둘 중 한 명이라도 이성적인 감정이 없으면 가능하다.'라는 나의 명제가 맞는다면, 우리의 경우 그 둘 중 '한 명'은 내가 아닌 아주 눈치를 초밥 말아먹은 그일 것이다.

　'응, 나도.' (아주 기대돼!)

4. 사랑

　'이 세상에 태어난 건 죄야.'라고 생각하던 때가 있었다. 어차피 죽을 거 뭐 하러 사나, 삶의 의미가 단 하나 없다고 생각했다. 나는 무엇을 위해 사는가. 어디를 향해 나아가는가. 이해할 수 없었다. 아무리 생각해도 나의 삶의 끝에는 '죽음'밖에 없었다. '결국 모든 것은 사라진다.'라는 이 잔인한 명제가 유일한 진리라고 생각했다. 의미 없는 죄 같은 삶. 살아서 뭐 하나. 콱 죽어버려야지. 지금 당장 죽어도 아쉬울 게 하나 없을 것 같았다. 하루 또 하루, 그저 그런 순간의 반복. 오히려 죽음이 이곳에서 벗어날 수 있는 유일한 탈출구라고 생각했다.

'뭐 해 먹고 살지.' 곧 취업 준비를 해야 하는데, 다들 자신의 적성과 꿈을 잘 알지 못한다. 꿈을 찾을 시간은커녕 없는 시간을 쪼개 공부하며 학창 시절을 보낸 세대이다. 입시 전쟁에서 벗어난 지 얼마 지나지 않아 우리는 다시 취업 시장에 내세워졌다. 매력적인 취업 시장의 상품이 되기 위해 1학년 때부터 자신을 가꾸어 낸다. 학점, 대외 활동, 동아리 등 모든 대학 생활이 스펙으로 이어진다. 모두 이 체계를 너무나 잘 알고 있다.

입시에서 벗어났더니 이젠 취업이다. 그런데, 취업 다음에는 또 무엇일까. 결혼? 결혼 다음에는, 자식 농사? 그러면 또 그다음에는 대체 무엇을 어디까지 증명해야 하는 거지. 언제 어떤 사람이 되어야 행복의 자격을 얻는 거지. 이 모든 과정에서 나는 행복할까. 결과적으로 사회에서 높이 인정받을 성과를 낸다면 그게 행복일까.

 이런저런 생각을 하며 방학을 맞았다. 머리가 복잡하다. 그동안 쉬지 않고 달려온 탓에 이번 여름 방학은 아무것도 하지 않는 쉼의 시간을 갖고 싶었다. 오로지 내 의지대로 무아지경 자유롭게 사용할 수 있는 약 두 달간의 시간. 인생에서 나에게 처음 주는 자유였다. 초콜릿처럼 아주 달달한 자유시간. 이 시간을 활용해 나는, 미처 버리지 못해 가방 한구석에 찡 박혀 있는 찝찝한 초콜릿 비닐 쓰레기처럼, 해결되지 않은 채 내 머리 위에 둥둥 떠다니는 '나의 존재'와 '삶의 의미'에 대한 거대한 물음표에 답을 내어 보려고 했다. 비관적으로 허무하게 세상을 바라보는, 매 순간순간이 버거운 내게 새로운 시각을 부여해주기를 내심 기대하며, 꾸부정하니 거슬리는 물음표의 머리를 똑 떼 깔끔한 온점의 답을 만들어 보고 싶었다.

 방학의 시간 동안 내 머리 위 물음표를 쭉 잡아당겨 꼿꼿한 느낌표로 만들어준 건 의외의 것이었다. 바로 '책'이었다. 그것도 과학 관련 주제의 여러 책들. 저녁마다 침대에 쪼그려 앉아 여러 대중 과학책을 읽었다. 신기한 경험이었다. 머릿속 엉켜있는 복잡한 생각들이 깔끔하게 정리되었고 좁았던 나의 사고가 무한히 확장돼 넓어짐을 느꼈다.

 처음에는 애석하게도 책을 읽으면 읽을수록 어렴풋이 느끼고 있던 삶의 허무와 인생의 무의미가 아주 선명히 사실로서 드러났다. 여러 책에서 나보다 사백 배는 똑똑한 저자들이 하나같이 입을 모아 무심하게 '인간의 삶은 의미가 없어요.'라고 외치고 있었다. 인간뿐만 아니라 이 세상도 아니, 이 드넓은 우주도 딱히 그럴싸한 존재의 의미는 없었다.

세상 만물은 원자로 존재한다. 세상은 그저 그 원자들의 끊임없는 분리와 결합의 과정이다. 인간 역시 수많은 입자가 모여 만들어진 하나의 실체일 뿐이다. 한정된 수명의 인간의 삶에 이렇다 할 멋들어진 의미는 없다. 그리고 지금 지구상에서 존재하는 모든 가치나 의미는 인간 상상의 산물일 뿐이다. 우주에 인간이 생각하는 그런 의미는 없다. 이 우주에는 그 어떤 의미도 존재하지 않는다.

김상욱『떨림과 울림』中

하나같이 모두 맞는 말이었다. 어쩔 수 없이 인정할 수밖에 없었다. 그러니까 결국 이 우주에 포함된 내 인생도 의미가 없다는 것이 명백한 사실로 밝혀졌다.

역시 의미는 없었어. 내 삶은 아무 가치도 없는 것이었어.

하지만 이렇게 이대로 내가 체념했다면 나는 지금 이 글을 쓰고 있을 수 없을 것이다. 타자를 톡톡 쳐낼 힘도 의지도 없어 방구석에 누어 멀뚱멀뚱 천장만 바라보고 있었을 것이다. 어쩌면 영화 〈everything everywhere all at once〉에 나오는 빌런 조부투바키처럼 허무주의자가 되어 삶을 포기하려 했을지도 모른다. 하지만 그때 나는 바로 절망하지 않았다. 다행히 체념하여 책을 덮고 베이글을 먹으며 끊임없는 우울의 구렁텅이에 쏙 빠지지 않았다. 나는 궁금했다. 그렇다면, 이 의미 없는 세상을 악착같이 살아가는 인간의 원동력은 무엇인가. 결국 삶의 끝에는 모두가 죽는다는 것을 알면서도 애써 하루하루 살아가는 우리의 이유는 무엇인가. 머리 위에 또 다른 물음표가 두둥실 떠올랐다.

내 머리 위, 여전히 해결되지 않은 물음표들이 둥둥 떠다닌다. 방금 추가된 물음으로 머리가 더 어지러운 듯하다. 으악……. '링-링-' 그때, 마침 전화벨이 울렸다. 할아버지다. 아, 시간이 벌써 이렇게 되었네. 할아버지는 매일 저녁 나에게 전화를 걸어 나의 안부를 물으신다. "이림이냐~" 수화기 너머 할아버지의 온화한 목소리가 들려온다. 집에 들어왔는지, 밥은 먹었는지 묻는 할아버지의 목소리에는 나에 대한 애정과 사랑이 듬뿍 담겨있다. 사랑? 그때, 순간 머리 위에 두둥실 떠다니는 꼬부랑 물음표 두 개가 서로의 끝과 점을 맞대며 어떠한 형상을 만들어 냈다. 그 모습은 마치 아주 커다란 하트의 모양이었다.

 사랑 !! 매일 밤 할아버지의 전화뿐만이 아니다. 매일 아침 졸린 몸을 이끌고 머리를 완전히 말릴 새도 없이 부리나케 출근하는 엄마의 뒷모습에도, 피곤한 퇴근길 빵순이 두 딸을 위해 베이커리에 들러 빵을 한 움큼 사 들고 오는 아빠의 두 손에도, 평소 툭툭대지만 한파주의보가 내린 날 외출을 준비하는 나에게 툭, 던지고 간 언니의 핫팩에도 사랑이 묻어있었다. 결국 사랑이네. 허구한 날 사랑 타령만 하는 K-드라마처럼 혹은 '둘은 행복하게 잘 살았더래요.' 항상 해피엔딩인 디즈니 애니메이션의 결말처럼 나의 삶의 의미와 이 글의 결론도 아주 빤하고 시시하게 여겨질까 봐 조금 두렵지만, 하지만 또 역시, 결국에, 아무튼, 사랑이다.

 결국 모든 건 사라진다는 잔인한 진리에 절망하지 않게 하는 것. 함께 이겨 내는 것. 정처 없이 흘러가는 인생 속 서로가 서로를 버티게 하는 힘. 엄청난 확률을 뚫고 만들어 내는 기적의 순간. 일상 속 주변인과 나누는 소소한 행복과 기쁨. 이 모든 것은 '사랑하는 마음'에서부터 비롯된다. 사랑은 인간이 가진 가장 강력한 무기이다. 사랑으로 인간은 이 의미 없는 세상에 새로운 의미를 부여한다. 서로를 보살피고 사랑하며 작디작은 인간의 삶의 거대한 가치를 꼭 쥐여준다. 이렇게 인간은 사랑으로 의미와 가치를 만들며 이 허무한 세계를 꼿꼿이 경쾌하게 살아간다. 사랑으로 의미 없는 우주를 사랑한다.

우리는 더 사랑해야 한다. 치열하게 표현하고, 과감히 나누어야 한다. 인간의 상상이 만들어낸 의미 없는 가치(돈, 외모, 성격 등)에 따른 '조건부 사랑'은 필요 없다. 무조건 사랑. 조건 없이 사랑하기에도 우리의 삶의 시간은 부족하다. 우리는 대단한 존재이다. 초 우연으로 탄생한 세상에, 수많은 과거의 순간과 선택의 과정을 걸쳐, 가늠할 수도 없는 여러 생물학적 확률을 뚫고 이 세상에 '나'로서 태어났다. 그것만으로 우리의 위대함은 충만하다. 이 세상에 태어난 사실로, 우리 존재 자체로서, 우리는 사랑받아야 마땅하다. 이 세상 속 '나'는 사랑받을 자격이 충분하다.

아침 등굣길 덜컹거리는 지하철을 타고 한강을 지나간다. 원래 같으면 눈을 감고 잠을 청하거나, 고개 숙여 네모난 핸드폰을 들여다보고 있었을 것이다. 하지만 되려 눈을 동그랗게 크게 뜨고 고개를 들어 창밖을 바라본다. 드넓은 강과 빛나는 서울 풍경이 내 앞에 펼쳐진다. 아름답다. 문득 이 세상에 내가 존재함이 대단한 행운임을 느낀다. 과외에 가기 위해 자전거를 타고 시원한 가을바람을 가른다. 문득 올려다본 하늘에 수많은 구름이 두둥실 높게 펼쳐져 있다. 장관이다. 이 드넓은 세상에서의 앞으로의 나의 삶이, 미래가 기대된다. 아직은 죽고 싶지 않다. 이제 살고 싶다. 내게 주어진 이 삶의 기회를 거의 다 써가는 치약의 끝처럼 아주 야무지게 짜내어 끝까지 사용할 것이다.

머리 위 구름처럼 둥둥 떠다니던 물음표가 꾸부정한 허리를 펴 경쾌한 느낌표로 변해있다. 이 느낌표가 제힘을 다해 무너져 깔끔한 온점으로 변화하면 나의 삶도 끝, 끝나겠지. 언제가 될지는 모르겠지만 그때까지 힘차게 살아내기 위해, 거대한 사랑의 힘을 빌려 볼까 한다. 잠깐 자전거를 세워 멋진 가을 하늘을 두 눈에 담는다. 하트 모양의 구름을 찾아보기도 한다. 눈앞에 이 찬란한 풍경들을 나는, 사랑한다. 물론 내 앞엔 여전히 해결해야 할 수많은 과제가 인생 풍경처럼 펼쳐질 것이다. 하지만 과제 그 자체보다, 그곳을 향해 달려가는 순간순간의 행복을 느끼는 것이 더 중요함을 이젠 안다. 무엇을 이루지 않아도, 이렇다 한 사람이 되지 않아도, 지금의 '나'도 아무렴, 충분하다. 어차피 세상은 의미가 없으니까, 내게 사랑 말고는 없으니까. 이제 나는 결과가 아닌 과정에 집중하며 지금 당장 내가 행복할 수 있도록, 그렇게 세상을, 우리를, 너를 그리고 '나'를, 나는, 경쾌히 사랑할 것이다.

'세상을 사랑하는 방식을 사랑하자.'

룰루 밀러『물고기는 존재하지 않는다』中

한성민

과거에 적어둔 그리움 같은 것, 노래한 희망 같은 것은 죄가 되고, 과거의 죄들은 현재의 저를 초라하게 만듭니다. 미래는 뿌연 안개 속을 들여다보는 것 같습니다. 조금만 더 게슴츠레 뜨면 보일 것 같지만 여전히 너무 흐릿하기만 합니다. 그렇게 한참을 걸어 나가다 너무 흐릿한 탓에 나아가야 할 길이 보이지 않을 때, 과거에는 너무 익숙했던 이름들을 마치 잊은 듯이 바라볼 날에, 저 자신의 존재마저 희미해지려고 하는 순간에, 시간의 풍화를 견딘 과거의 죄들이 다시금 현재의 저를 예리하고 서늘하게 찔러, 잃어버렸던 무엇인가를 미래의 안개 속에서 다시 찾을 수 있게 해줍니다.

앞으로도 저는 망망한 인생의 바다 위에서 몰아치는 세파에 시달리며 넘어지고, 해무에 갈피를 놓쳐 정처 없이 표류하면서도, 초라하지만 소중한 순간의 죄들을 여전하게 적을 것만 같습니다.

바람이 허락한다면,
아주 잠깐이더라도 저의 순간이
당신에게 파도이기보다 윤슬이고 싶습니다.

『새삼스럽다고 할까』

어떠한 대상을 오래도록 생각하다 보면 가끔 그 대상의 의미가 헷갈리거나, 생소하게 여겨질 때가 있습니다. 그것은 썩 유쾌한 감정이 드는 행위가 아니지만 제게는 필요한 순간이라고 생각됩니다. 이 순간에는 기존의 알고 있던 대상이 머릿속에서 재구성되어 고착된 생각들이 허물어지고 객관적으로 다시 조목조목 따져, 대상의 있는 그대로를 바라보게 만들어 줍니다. 그것은 제게 알고 있다고 착각한 것을 부끄럽게 만듭니다. 밀려온 부끄러움도 지나고 나면 새로운 관점이나 감정이 드는데 이런 순간의 총체를 새삼스럽다고 느낍니다. 새삼스러운 순간을 회고하며, 당시에는 알 수 없었던 감정을 깨닫고 선택을 좌우하며 발걸음을 멈춰 세운 수많은 미련으로부터 한 발자국 뒤로 물러나 직시하고, 고뇌하고 나서야 비로소 앞을 향한 한 걸음을 내디딜 수 있었던 시간을 담았습니다.

instagram.　@sum__may

email.　　summay515@naver.com

새삼스럽다고 할까

아침에 막 잠에서 깨어나 눈을 뜬 인간은 부주의하며 가장 무방비한 존재이다.

잠에서 깨어 이따금 내가 누구이고 지금 어디에 있는지 전혀 떠오르지 않을 때가 있다. 매일 찾아오는 것은 아니지만, 그 순간이 오면 혼란스럽고 난처하다. 몇 초가 지나면 '내가 나고, 어제 어떻게 잠들었고, 지금은 아침이구나.'라는 인식이 다시 돌아온다. 그 몇 초 동안의 공백은 이루 말할 수 없이 불안하고 두렵다. 마치 검은 우주 한가운데 홀로 내동댕이쳐진 것 같이 미스터리하며 고독하다. 그래도 나는 머지않아 내가 나임을 받아들인다. 사실 그것을 받아들이는 것 이외에는 별수가 없으니까. 그리곤 아침 침대 속에서 무심결에 너의 생각을 했다. 어떤 날은 마치 네가 내 곁에 있어, 몸을 웅크리고 잠들어 있는 느낌이 든다. 그리고 그게 정말이라면 얼마나 근사할까 생각한다. 때때로 지독하게 외로운 기분이 들기도 하지만 나는 대체로 건강히 잘 지내고 있다. 네가 착실히 너의 일상을 시작하듯이 나도 매일 아침 나 자신의 태엽을 감고 있다. 침대에서 몸을 일으키고 이를 닦고 옷을 갈아입고 출근길에 오른다. 새로이 찾아온 스물네 시간을 위해 열여섯 바퀴쯤 드르륵드르륵 태엽을 감는다.

-

올해 초 20대 중반에 위치한 나는, 여느 청춘과 다름없이 대학 생활의 지루함을 느낄 무렵 막연하게 휴학을 결정했다. 대학교에 휴학을 신청하고 첫째 주는 단순히 신이 났다. 학교를 나가지 않아도 된다는 사실 그 자체와 내게 할당될 수업과 리포트가 존재하지 않는다는 현실이, 친구들과 진탕 놀아도 다음날 의도적으로 몸을 일으키지 않아도 된다는 사실에 말이다.

둘째 주는 자유로웠다. 유한한 시간이 무한하다고 느껴질 만큼 오롯이 나를 위해 사용할 수 있는 시간이 많았다. 코로나19로 인해 멀리 해외로 갈 수 없었지만, 국내에서 나름 이곳저곳을 쏘다녔다. 친구와 동행하여 계획적으로 다니기도, 때론 혼자 어디론가 훌쩍 떠나 낯선 세계를 관찰하기도, 여행지에서의 처음 보는 사람과 친해지기도 했다. 또 어떤 날에는 날씨가 너무 화창하여 우발적으로 신청한 패러글라이딩을 통해 청명한 하늘을 날아다녔고, 가죽공예 클래스를 신청하여 자신만의 지갑을 만들어 한동안 속으로 흐뭇하게 다니기도 했다. 또, 먹고 싶은 요리가 있으면 직접 해보는 등 평소 일상에서 속없이 소망만 했던 일들을 즉물적으로 체험하고 경험했다. 뭐든 할 수 있었고 뭘 하든 큰 제약을 느끼지 못했다.

셋째 주는 지루했다. 만날 사람이 다 떨어진 것이다. 만나도 술만 마실 뿐, 친구들의 사랑 없이 하는 섹스와 같은 치기 어린 무용담도 비슷한 패턴으로 수렴해갔다. 그렇게 노는 게 지루해져 갔고, 넷째 주에는 끝내 고독해졌다. 새로운 일상의 균형을 잃는데 한 달이 채 걸리지 않았고 일과 휴식의 평형이 깨진 내 입에는 다시 불평이 새어 나왔다. 학교생활을 다시 하면 덜 무료할까 하는 미련 섞인 고민이 잠시 일었지만 이내 잠잠해졌다.

-

무심한 한량처럼 건조한 일상을 보내고 있자니, 가지고 있던 자본도 금세 동이 났다. 이번에는 돈을 모아보자는 생각으로 일할 수 있는 곳에 들어가 지금의 새로운 일상을 보내고 있다. 일이 어럽지는 않다. 우편을 정리하고 시킨 일을 처리하고 남은 시간에는 책을 읽거나 글을 쓴다. 일하는 동안엔 의도적으로 약간의 불편함을 자처하여 불평이 나오지 않게 한다. 일상이 힘들진 않지만, 재미가 있는 것도 아니다. 때가 되면 사람들과 밋밋한 점심을 먹고 양치를 한 뒤 자리로 돌아와 의자에 털썩 기대앉고는 "오늘이… [ ]일…"하고 요일을 혼잣말로 중얼거린다.

그렇게 생김이 비슷한 닷새를 살아가다 다른 하루가 찾아온다. 이 '다른 하루'는 태엽을 감지 않아도 되는 아침이다. 책을 읽고 음악을 듣는다. 해가 지기 전에 운동을 다녀온 후 간단하게 저녁을 먹는다. 조용하고 평화로우며, 고독하다. 태엽을 감지 않은 날, 우두커니 혼자 있는 밤이면 여러 가지 기억들이 되살아나곤 한다. 눈을 감은 두터운 어둠 속에서 나는 네가 입던 옷가지들까지 선명하게 기억할 수 있다. 기억의 궤적을 따라가다 그날의 소리가 무척 그리워진다. 그리고는 다시 생각한다.

'오늘은 태엽을 감지 않은 날이구나.'

-

그날의 소리는 생생하고 원초적이다. 생명력이라는 단어가 퍽 잘 어울리는, 피가 전신에 돌고 살이 엉켜 살아있다는 것을 증명하는 소리.

'그날'의 기억은 그녀를 향한 그의 시선으로 시작한다. 늦은 가을과 겨울이 마주 보고 있는 계절, 약간의 적막함이 감도는 날씨였다. 그녀가 그의 앞으로 다가왔을 때, 그녀는 유일하게 몇 개의 계절을 앞질러 가는 것처럼 보였다. 일순간 주변에 싸늘하게 불던 바람은 그녀로 인해 일렁이는 달콤한 미풍이 되었고, 온화한 생명력이 느껴지는 계절이 도래한 듯했다. 그렇게 그가 바라보는 세계는 그녀의 안으로 휘감겨 들어갔다. 그녀와 만난 이른 오후부터 줄곧 가슴이 뛰기 시작했다. 마주 앉은 그녀 턱 밑의 희미한 점에 가슴이 떨렸고, 은은한 빛이 감도는 회색 셔츠 위에 작은 실오라기마저 매혹과 안타까움으로 다가왔다. 저녁이 보내준 밤과 새벽에는 그의 팔이 떨리는 그녀의 허리를 파고들었다. 그의 몸은 지나치게 따뜻했고, 그녀의 몸은 놀랍도록 부드러웠다. 누구의 소리인지 모를 심장박동 소리는 포개지며 온몸으로 '살아있음'을 증명하듯 고동치고 있었고, 미묘하게 새어 나오는 그녀의 소리와 그의 소리만이 공간을 점유하였다. 두 사람의 점철된 욕망은 어떠한 정점을 이뤘고, 그 순간의 충만함은 강렬했다. 그 감각은 실감 나지 않을 만큼 아득했기에 그녀와 그의 순간이, 그들의 사랑이 불변하지 않는 어떠한 영원한 것이기를 속으로 바랐던 나지막한 기도는 오롯이 그의 기억 속에서만 존재했다.

어떠한 낮으로도 자아내지 못할 밤을 지나 보내고 그들은 나란하게 또 나른하게 누워있다. 그런 그는 그녀에게 진부하고 상투적인 문장을 건넨다. 사랑은 사람 몸 어디쯤 위치할까. 그리고 그는 홀로 말을 이어 나간다. 그는 가끔 사랑이 사람 몸의 '발'같이 느껴질 때가 있다고. 몸의 극지, 몸에 끝단에서 의식도 못 하고 있다가 이따금 발도 자신이라며 투정 부리듯 느낀다고. 그를 걷게 해주고, 그녀와 만나도록 그녀가 있는 곳을 향해 뛰어주지만, 몸에서 가장 춥기도 하다고. 어떤 날에는 너무 익숙해서 의식도 안하다 아프기라도 하면 그제야 '발'이란 것을 인식한다고 말이다.

그런 그를 그녀는 신기한 듯, 가여운 듯 약간은 흐리멍덩한 눈으로 포근하게 안아준다.

"사랑이 원래 그런 거야. 좋을 때는 그렇게 하염없이 좋다가, 그렇지 않을 때는 좋았던 순간을 생각하기 정말이지 어렵고. 할 수 있는 것이라곤 그저 좋은 날이 좀 더 많기를 바랄 뿐인 거야…."

그녀는 작은 목소리로 나긋하게 말했다.

그는 붉은 자색으로 물든 그녀의 얼굴을 보며 웃었다. 그 역시 그들에게 의식하지 못할 화창한 날이 조금 더 많기를 속으로 바랐다.

-

시간의 세례를 받지 못한 우리는 여느 커플과 다르지 않게 서로에게 이별을 고했고, 하나라고 확신하던 길은 두 갈래로 나누어져 있었다. 너와 함께 다다르고 싶었던 미래까지 마음이 혹은 발걸음이 도달하지 않았는지, 널 아프게 할 게 자명하다는 이기적인 이유로 너를 떠났다. 가벼운 듯 가볍지 않은 듯 '별거 아니야.'라며 몇 번이고 내뱉는 나의 어깨 위에는 결코 내릴 수 없는 묵중한 과거가 지워져 있었다. 응분의 시간이 지난 후에야 너에게로부터 핑계를 대고 도망치고 있었다는 걸 깨달았다. 그리고 한참을 후회했다. 아니 어쩌면 지금도 하는 중일지 모른다. 가끔은 네가 원망스럽기도 하지만, 내 쪽도 꽤 심했으니까. 불평할 만한 입장은 못 되지만, 그래도 이제 와서 새삼스럽다고 할까. 너의 해무가 나의 바다 저편으로 자욱하게 퍼져 간다.

-

 무심함과 어긋남에 우리는 지쳐갔고, 너와 맞잡은 손이 무겁게 느껴졌다. 우습게도 너와 헤어지고 술을 진탕 마신 다음 날 일어나 처음 생각한 건 '네'가 아닌 '내' 아이폰의 행방이었다. 그런 이별은 이기적인 나에게 잔인함을 선사했다. 단 한 호흡의 칼끝으로 숨을 거두어 가지 않았으므로 조용한 출혈과 같은 시간을 겪었다. 마음 한구석을 다시 깁고 싶기도 했지만, 그 틈 사이로 비루해진 자신과 눈이 마주칠까 두려워 이따금 새어 나오는 피를 틀어만 막았다.

 이듬해 3월, 눈의 자취를 깨끗하게 지워버린 봄은 다시금 공기를 상냥하게 했고, 쾌활한 초록 잎과 간드러진 꽃을 피워내게 했다. 오직 나만이 봄이 선사하는 가혹한 햇살에 녹아내렸다. 눈도 아닌 비도 아닌 것이 뒤섞여 내리는 바람에 오지 않은 시간과 돌아갈 수 없는 시간 사이에서 찌뿌둥한 날을 보냈다. 그렇게 홀로 몇 개의 계절을 통과했고 세상의 시간은 별다를 것 없이 흘러갔다. 그저 나와 나의 시간만이 진창 속에서 허우적거렸다. 육체는 이미 일정 수준의 성숙을 마친 데 반해, 성숙지 못한 나의 영혼은 사랑에, 사람에, 삶에 의해 고정되지 않은 채 충분히 흔들렸고, 정신은 끝없는 자유를 모색하며 치달리느라 갈피를 잡지 못했다. 당시 나는 성인의 몸과 소년의 표정으로 사랑을 경험했다. 이후 소년은 자신에게 사랑이 너무 이르게 도래했다는 걸 깨달았다.

배회와 방황을 반복하는 사이, 지난 계절의 독한 기침을 어느 날엔가 문득 삼켜버린 것처럼, 나는 그렇게 세월을 삼켜버렸다. 아문 것인지, 삼킨 것의 효과인지는 알 수 없었지만, 세월이란 독주를 삼킨 뒤로 기워지지 않은 상처가 아프지 않았다. 하지만 그 독주는 세상이(사람이) 무섭도록 잔인하고 가혹하다는 것과 동시에 얼마나 멋지고 아름다워질 수 있는지도 알게 해주었다. 그런 세상 사이에서 희망과 절망 사이를 오가며 나 자신의 태엽이 생기고 있음을 어렴풋이 느낄 수 있었다.

-

그녀를 기억한다는 건 함께했던 공간의 시간을 가늠하는 것, 그녀를 가장 예쁘게 찍을 수 있는 각도를 안다는 것, 그녀가 좋아하던 것들이 그를 겨눠 찌르는 것.

그는 평범한 세계의 보통 존재였다. 특별히 외로움을 느끼는 사람이 아니었고, 적당히 밝고, 주변과의 관계도 나쁘지 않았다. 그를 둘러싼 세계에 대한 호기심이 있는 터라 심심할 틈도 없었다. 이루어질 수 있는 것과 없는 것에 경계가 확실했기에 그의 마음에 허망함이 드는 것을 원천부터 허락하지 않았다. 그러던 어느 날, 순간의 사건은 갑작스럽게 찾아왔다.

우연히 빛을 내는 파편 하나가 보통인 존재의 우주를 가로질러 왔고 회전축을 기울어지게 하였다. 유약해 보이는 외형과 달리 그것만의 신념과 목적지를 향한 열망으로 단단히 타오르며 그의 세계에 충격을 가했다. 그의 세계에서는 이질적인 무엇인가로 충분히 흔들렸다. 스스로 흔들리는지 자각조차 못 한 채 마음은 고요했고 정신은 평정하였다. 그는 행동과 표현에 빈틈과 여지를 주지 않는 사람이었기에 흔들림을 인정하지 못했다. 하지만 이내 그녀의 눈빛에, 그 미소 하나에 속없이 웃어버렸다. 그들은 물방울처럼, 행성처럼 서로를 끌어당겼고, 그에게 그들이 사랑의 감정을 느낀 사건은 보통 사람의 보통이 아닌 실수이자, 실수가 아닌 유일무이한 정답이었다.

따분히 살아가던 그의 인생이 그녀를 만난 후 조금씩 변해갔다. 길가에 살랑이는 꽃을 보며 그녀 생각에 웃음이 났고, 그 꽃잎을 쓸어내리는 바람마저 사랑스럽게 느껴졌다. 그는 자신에게 찾아온 새로운 감정에 크게 놀랐다. 그는 그제야 단순 명료한 말 한마디를 꺼낼 수 있었다. 맑은 날이면 괜스레 하늘을 올려다보며 사진을 찍듯이 그에게 우연히 찾아온 청명한 순간에 마음이 셔터를 눌렀고, 보고 싶다는 말을 무수하게 찍어냈다. 마침내 그는 진심으로 상대방을 신뢰하고 사랑한다고 말하는 법을 배웠다. 그 말을 건넬 때면, 그는 무모한 모험의 선동자와 신비로운 동행을 경험했다. 언젠가 그녀와 일몰에 찾아간 바닷가에서 다른 모든 것에게 자비로웠던 태양이 다시금 자신의 빛을 회수하여 탈색되어 가는 데 반해, 그녀에게서는 고유한 시간의 빛깔이 비쳐 이질적인 채도를 느낄 수 있었던 것처럼.

하지만, 그녀가 부재한 그의 세계에선 '그'를 부르는 특별한 억양을 잃었고 그들의 은밀한 은유와 서로를 지칭하던 수많은 이름들이 사라져 버렸다. 이후 그는 노을을 애써 외면한다. 몽환적이고 신비한 빛깔을 뿜어내는 보랏빛 일몰 빛을 보고 있노라면 현실과 비현실을 혼동하거나, 그때의 순간이 절명하는 모습을 보기 때문에. 하지만 더욱이 외면하는 것은 그 빛 속에서 아스라이 일렁이는 그녀의 뒷모습일 것이다.

네가 없는 나의 세계는 회색빛이 감돈다. 예리하고 서늘한 상실감도 하나의 주기를 끝내버리고, 시시하고 쓴웃음이 나오는 아릿한 이야깃거리로 남아있다. 나는 지금 명확하게 어느 한쪽을 따를 수 없고, 어느 한쪽을 따르겠노라고 결심도 못 한 채 어정쩡하게 다시 '보통 사람'으로 이 세상을 살아가고 있다. 너와의 사랑은 현재의 나를 구성하는 기억의 온상이다. 보통 사람인 '나'는 특별한 무엇인가가 되었다고 여겨졌고, 너에게서 특별함을 부여받았다고 느꼈다. 하지만 네가 없어도 나는 여전히 특별한 존재인가, 그보다 너는 정말로 특별한 사람이었을까. 그런 너는 나만의 오해일까. 이러한 단어와 문장들이 머릿속을 스쳤고 이내 스쳐 간 의문들을 내 안에서 분리해 내어 눈앞으로 가져다 놓는다.

-

  우리는(적어도 나는), 우리의 사랑을 다른 일반적인 것과 다르게 느낀다. 나의 사랑 아니 더 정확하게는 '자신들의 사랑을 평범하다고 느끼는 사람이 있을까.'라는 생각을 한다. 우리는 우리 자신만의 특별한 사연이 있고 경험이 있고, 그 연애의 과정과 여정들에 있어 남과 다른 희소성이 있다고 여긴다.
  하지만 누군가가 이러한 우리의 모습을 관찰하고 포착하여 미디어에 글이나 영상 따위로 게재한다면 소설과 드라마의 흔한 사랑 이야기와 쉬이 구별할 수 없으리라 확신한다. 단순히 평범한 남자와 여자의 형식적인 로맨스로만 치부될 것이다. 결국 나에게 너는 그 무엇과도 바꿀 수 없는 독자적인 인간일지라도 타인의 눈으로 보면 결국 보통 사람이고, 그 모습을 다른 사람이 포착한다면 우리도 전혀 다르지 않았다는 걸 깨닫는다.

 평범한 사람과 특별한 사랑의 교합. 그러나 이같이 상반된 것이 동시에 존재하는 가운데 우리의 위대한 사랑에는 '보편성'이 깃들 수 있다. 그 보편적인 '사랑' 덕분에 웹 드라마, 연애 관찰 예능, 소설 등이 사람들에게 탄식과 감동을 자아낼 수 있다. 동경해 마지않는 연예인도, 하물며 허구의 인물에게서도 보통 사람인 우리 자신의 모습이 선명하게 겹친다. 이전에 경험했던 비슷한 상황에 처한 모습을 관찰하며 '사랑의 순간에 느낄만한 감정'에 대한 '공감'을 전달받는다. 사랑의 위대한 보편성을 보면서 말이다.

-

 그럼에도 불구하고 나는 그녀가, 그녀와의 사랑이 보편적이라 할지라도, 내게 유일무이하고 독창적인 것이라 주장하고 자부할 것이다. 나는 '사랑'이라는 동명의 이름 때문에 우리의 사랑이 흔하고 평범한 무엇인가라고 오해했었다. 그러나 함께 통과한 시간은 우리 서로를 특별한 존재로 이끌어주었으며, 서로 다른 각자의 복잡함과 독특함은 인류가 공통으로 수행해온 보편적인 우리의 위대한 사랑을 다시금 특별하게 만든다.

이 세상에 단 하나뿐이며, 대체 불가능한 그녀라는 사실이 유일함의 필연적 근거가 되어준다. 나만이 아는 그녀의 내밀한 목소리, 내게 선사한 비밀스러운 표정과 몸짓, 그녀가 가진 선들이 근거의 실존을 증명한다. 그녀와의 관계 속에서 나는 그녀에게 다한 '최선'과 그녀에 관한 나의 '책임'에 대해 배울 수 있었다. 함께했던 시간을 통해서 그녀가 가진 있는 그대로의 모습을 인정하고 그녀와의 다름을 이해할 수 있었으며, 나 자신조차 인지할 수 없던 나의 모습과 나와는 전혀 다른 타자인 그녀에게서 경이로운 발견의 순간을 지나올 수 있었다.

그녀와 함께 통과했던 복잡하고 독특한 시간으로 나의 세계는 변화했다. 앞으로 다가올 시간의 기대가 지나간 시간의 후회를 앞지른다. 그녀가 존재하지 않는 공간에서도 나는 실망하지 않고 담담히 걸어 나간다. 미숙한 시절, 간절했던 사랑이 나에게는 더 이상 추억 이상의 의미를 품고 있지 않다고 하더라도, 찰나의 순간으로도 아련함을 전하는 그녀의 흔적을 통해 나라는 존재의 유일성과 특별함을 간직할 수 있다면, 그것만으로도 나는 다시금 네가 없는 나의 세계를 충분히 사랑할 수 있다.

-

　사랑은 비단 너와 나의 전유물이 아니지만, 우리의 사랑은 바닷
바람이 고운 모래를 간지럽히는 모래사장에서 어둠이 짙게 깔린
하늘을 향해 쏘아 올린 폭죽으로 은유 되기 충분하다. 가장 아름
다운 순간은 언제나 느닷없이 찾아온다. 작은 불씨가 광막한 밤
하늘을 향해 날아올라 잠시 허공에서 망설이다 찬란하게 명멸한
다. 그렇게 현란한 불꽃은 온데간데없이 사라지고 눈앞에 잔상만
이 머물러 있다. 나는 빛이 일군 잔상을 추적하며 어둠에서 불빛
으로 넘어가는 그 찰나의 순간을 되짚는다. 잠깐의 번쩍임이 비
춘 황홀함의 표정과 담갈색 눈동자에 서린 불꽃의 실존을 기록
한다.

　여태껏, 삼킬 수도 뱉을 수도 없는 공허함을 머금은 채 감정을
억압하며, 사소한 단념의 순간과 무수했던 체념의 시간들을 비탄
속에 잠재웠었다. 그럴수록 막혀있던 숨이 폭발하듯이 터져 나왔
고, 덩달아 무시했던 본심까지도 힘껏 솟구쳐 올라와 네가 나의
곁에 존재했음을, 그로 인해 성장했음을 증언한다. 이 증언은 나

의 사랑이 얼마나 진정하며 운명적인가를 시인하는 것이 아닌, 단지 은밀하고 이기적인 방식으로 '고유했던 우리의 시간'을 무력한 글자에 아로새기기 위함이다.

기억보다 더 오랜 세월을 향해.

.   -

세월을 삼킨 뒤로, 나와 나를 둘러싼 세상의 밀도가 다르다는 것을 알게 되었다. 때문에 스스로의 경계를 설정하고, 경계선의 밖에서는 의도적으로 태엽을 감고 의식적으로 페르소나를 착용한다. 그렇게 나는 경계의 밖에서 적당한 가식과 친절, 약간의 위선과 위악, 진실되지 않은 미소와 진심이 아닌 말들을 건넬 수 있다. 태엽은 돌아가며 동력을 만들고, 나는 태엽의 동력에 힘입어 약간은 모호하지만, 사회 구성원으로서의 역할을 다한다. 태엽이 풀려 버린 장치는 충분한 배후의 동력이 존재하지 않으므로 제 기능을 할 수 없다. 제 역할을 다하지 못하는 것은 도태되거나, 방치되므로 그렇게 두지 않기 위해 나 자신의 태엽을 감는다. 태엽이 감겨 있지 않은 날에 나는 나를 일상에 데려가지 않는다.

태엽이 다 돌아가 버리면 나는 다시 미세한 심박수를 뿜어내며 홀로 태어난 인간으로 되돌아간다. 태엽을 감지 않은 나는 소리를 내지도, 움직이지도 않은 채 시간의 메아리만을 귀에 담는다. 남들의 태엽을 관찰하고 때로는 나의 과거, 너와의 추억, 사랑의 유일성 등 실체 없고 장황한 생각들만이 미약한 심장의 박자 속에서 유영한다. 작은 생각이 불어나 큰 생각이 되고 부풀어버린 생각은 오래도록 그 존재를 과시하다 초라해지거나 무뎌지거나, 다시금 작아진다.

태엽이 감겨 있지 않은 탓일까. 나의 의식은 머나먼 저편으로 빨려 들어가는 듯하다. 기억이 추억과 손을 잡고, 사색의 궤도 위에서 사랑의 무곡을 연주했으므로 나는 무색하게 밤을 내어준다. 형편이 닿는 대로 나는 다시 사랑할 수밖에 없는 내일의 꿈으로 황급히 도망친다.

-

아침은 꿈에서 벗어나 눈을 뜬 인간에게 중력의 색채를 여지없이 확인시켜주는 존재이다.

새로이 맞이한 아침, 잠에서 깨어 부주의하고 무방비한 나는 침대에서 몸을 일으키고, 어찌할 나위 없이 혼란스럽고 난처한 몇 초의 공백을 통과한다. 하지만 머지않아 여느 때와 다름없이 발을 디뎌, 나를 무겁게 당기고 있는 흐름에 거슬러 일어선다. 이를 닦고 옷을 갈아입고 오늘 분량의 태엽을 감으며 다시 찾아온 일상을 준비한다. 출근길에 오르며 가을이 뿜어내는 쌉싸름한 공기를 한 모금 들이켠다. 그러고는 어제를 반추해본다. 표정에는 공허한 듯 달콤한 여운에 옅은 실소가 뜬다. 그리고 혼잣말로 중얼거리듯 속삭인다.

"나도 참 새삼스럽게……."

서유리

글의 힘을 너무 늦게 깨달았습니다.
종이의 내음이 이리도 향긋하다는 걸
너무 늦게 깨달았습니다.
아직 깨달을 것이 한참이라는 사실이 저를 들뜨게 합니다.
이유는 모르겠으나
사랑이라는 카테고리가 가장 기다려집니다.
정말이지 너무도 다양한 사랑의 부피와 농도,
그 모든 걸 느끼고 싶습니다.
사랑에 빠져 허우적대며 낭비하는 시간들이 소중합니다.
완전하지 않았던 순간들이 온전한 지금을 만들어주었고
그런 순간들을 떠올리며 잠시나마 삭막함에서 벗어납니다.

『나를 미워하는 너에게』

사랑이 진할수록 당신이 밉고,
묽을수록 당신에게 미안합니다.
부디 당신의 모순된 사랑의 끝은
그렇게 아프지 않았으면 좋겠습니다.
제아무리 정답이 없는 사랑일지라도
써 내려가다 보면 나만의 해답이 나올 겁니다.
알수록 모르겠고 알수록 새로운 것들의 향연이 나를,
그리고 당신을 기쁘게 해주었으면 좋겠습니다.
뜻을 알지 못한 채 뛰어들었고 헤엄치다 보니 알게 된
어리석고도 필요했던 지난날의 이야기입니다.
이기적이고 나밖에 모릅니다.
솔직하기만 한 글 속에 담긴
아주 미세한 울렁임이 당신에게 닿았으면 합니다.

나를 미워하는 너에게

뻔하디뻔한 사랑 이야기. 내 이야기도 뻔한 이야기가 되겠지만 나에겐 조금 벗어난 사랑이었다. 사랑이라는 명목으로 행한 너와 나의 연애는 서로에게 다른 의미였다. 상처뿐인 사랑이었고 특별한 사랑이었다. 다 똑같다고 생각했던 나의 그릇됨을 뭉개 주었다. 내가 사랑한 방법과 네가 사랑한 방법은 조금 달랐다. 너는 나를 거침없이, 조건 없이 사랑했다. 하지만 내 사랑은 널 갉아먹고 있었다. 나는 이기적이었고 너는 헌신적이었다. 서툴렀던 내 사랑이 잘못된 방법이었다는 걸 깨닫는 데까지 꽤 오랜 시간이 걸렸다.

나는 내 꿈을 좇아서 새로운 대학, 새로운 과에 입학했다. 첫 OT 날, 너를 만났다. 마스크에 가려진 얼굴이었지만 너는 사진으로

본 것과 다르게 꽤 듬직하고 다부진 덩치에 훈훈했다. OT 전에 SNS로 단체방이 만들어져 간단한 인사를 나누었고, 우린 서로의 이름만 알고 있는 상태였다. 그러다 대학 투어를 위해 팀을 나누어야 했었는데 네가 주도적으로 나서서 팀을 나누기 시작했다. 낯가림이 심했던 나는 쭈뼛쭈뼛 뒤로 빠져있었다. 그때 네가 나에게 건넨 첫마디.

"유리야, 이리로 와."

내가 너보다 나이가 많다는 걸 몰랐을 거야. 활발히 채팅방을 이끌어나갔던 너와 달리 나는 말을 아꼈으니까.

너와 나는 공통된 구석이 하나도 없었다. 나이도, 성별도, 성격도, 고향도 모두 달랐다. 오직 같은 과 동기라는 것 하나가 우리를 연결했다. 그래서 첫 만남에 확신했나 보다. 너와는 그저 좋은 누나, 동생 사이가 될 수 있겠다고.
너와 나의 다름은 신입생환영회에서까지 드러났다. 선배들과 함께 어울려 앉아있는 너와 동기들과 어색하게 앉아있는 나였다. 시끌벅적한 너의 자리와 조용히 담소를 주고받던 나의 자리였다. 분명 테이블이 다 붙어있었는데 너와 나의 거리는 왜 그리도 멀게 느껴졌을까. 나는 여전히 쭈뼛거렸고 너는 여전히 분위기를 이끌었다. 한순간에 선배들의 귀염둥이가 되었던 네가 새삼 신기했다. 어쩜 저 아이와 나는 이리도 다를까 신기했다.

너는 내가 있는 테이블에 인사하러 왔고 내 나이를 알게 되었을 때 나에게 연신 죄송하다고 말했다. 나는 그런 네가 그저 귀여웠다. 고작 한 살 차이가 뭐라고.

너와 장난도 칠 만큼 친해졌을 때 너는 누군가와 연애를 하고 있었고 나도 누군가에게 설레고 있었다. 서로 각자의 누군가와 사랑을 그리고 있었다. 하지만 나는 곧 밍숭맹숭해졌고 너에게도 위기가 찾아왔다. 그때까지만 해도 서로의 연애를 격려하고 응원했다. 어느새 네가 나에게 소중한 사람으로 각인이 될 만큼 사이가 가까워졌다. 진심으로 네가 상처받지 않았으면 했다.

결국, 네가 이별하고 받은 상처를 내가 위로해주게 되었다. 네가 아파하는 모습을 볼 때면 나도 아팠다. 네가 슬퍼하는 모습에 나도 슬퍼졌다. 나와 달랐던 네가, 그저 신기했던 네가 조금 안쓰러웠다. 그때부터였을까. 무척이나 편했던 너와 나 사이에 싫지 않은 불편함이 섞였을 때가. 사랑에 최선이었던 너에게 마음이 움직였다.

아파할 때마다 옆에 있어 준 덕분인지 생각보다 빨리 이별에 극

복한 네가 생긋 웃으며 말했다.

"이별을 극복하는 데는 역시 다른 사랑이 필요한가 봐. 고마워, 누나."

몰랐다. 그 말의 뜻을 전혀 인지하지 못했다. 그냥 내가 잘 위로해준 거구나 생각했다.

너와 나 사이에 이상한 기류가 흐르는 걸 나보다 내 친구들이 먼저 알아챘다. 네가 나를 좋아하는 것 같다는 친구들의 추측은 나를 부담스럽게 했다. 나에게 소중한 사람으로 각인되어버린 네가 날 좋아한다는 것은 꽤 머리 아픈 일이었다. 친구와는 절대 사랑할 수 없다는 나의 가벼운 룰에 금이 가기 시작했으니.

그 후부터 너와 있을 때 불편한 무언가가 있다는 걸 느끼게 되었고 그게 그리 싫지 않다는 걸 느낄 무렵이었다. 너는 늘 가깝고도 먼 우리 집 근처로 와서 나를 불러내곤 했는데 그날도 그런 날이었다. 나는 그날따라 꾸며 나가고 싶었다. 학교에서는 하지 않던 화장을 하고 머리도 예쁘게 말았다. 평소엔 헐렁하고 통 큰 바지만 고집했다면 그날은 짧은 치마도 입었다. 다르게 보이고 싶었다. 예뻐 보이고 싶었다.

네 표정을 아직도 잊을 수 없다. 마스크 위로 댕그래진 네 눈이 나를 웃게 했다. 당황스러운 말투로 나인 줄 몰랐다는 네 말이 왜 그리도 기분이 좋았는지 모르겠다. 짧은 치마 때문에 드러난 다리에 필사적으로 눈을 돌리는 네 모습이 너무나도 귀여웠다.

어김없이 불편했다. 기분 좋았다. 어두워진 길목에 언제나 그랬듯 나를 데려다주겠다는 너였다. 평소와 다른 내 옷차림 때문이었을까, 그날 가로등 불빛 아래 너와 나의 분위기는 사뭇 달랐다. 종알대는 나는 그대로였지만, 너는 그날따라 어색한 맞장구만 칠 뿐이었다. 몸이 좋지 않은 줄 알았다. 그래서 너를 얼른 돌려보내려고 했다. 하지만 너는 굳은 얼굴로 괜찮다며 집 앞까지 가겠고 고집부렸다. 집 앞에 다다랐을 때 나는 알아챘다. 너답지 않게 우물쭈물하며 쭈뼛거리기까지 하는 너를 보며 네가 무슨 말을 하고 싶은지 알았다.

언제나 당당했던 네가 수줍음 가득 긴장한 모습을 하는 건 상상하지도 못했다. 괜스레 장난기가 발동했다. 할 말 없으면 들어가겠다며 계단을 오르는 내 짓궂은 행동에 조급해진 건지 너는 다급하게 내 팔을 잡았다.

"누나 이상형에 내가 전혀 맞지 않는다는 것도 알고 나한테 마음 없는 것도 알아. 그런데 그냥 말하고 싶어. 좋아해."

날 좋아한다고 말하는 너는 마치 못 할 말이라도 한 듯이 죄지은 사람처럼 고개를 푹 숙이고 있었다. 그러더니 한마디 더 했다.

"이런 말 해도 되는지도 모르겠다. 앞으로 볼 날도 많은데 이게 맞는 건지 모르겠네…."
"그런데 했네?"
"오늘 예쁘질 말던가…."

내 말에 너는 억울한 말투로 사랑스러운 말을 뱉었다. 나는 웃음을 참지 못했고 너는 부끄러워했다. 너의 붉어진 얼굴이 무척이나 예뻐 보였다. 나도 네가 좋은 것 같다는 말에 순식간에 환해진 네 표정을 아직도 잊을 수 없다. 7살 어린 내 동생 이후로 그토록 맑은 미소는 정말 오랜만에 보았다.

우리는 비밀 연애를 시작했다. 과 CC를 하면 귀찮은 일이 많아질 것을 예상했다. 너는 시간이 지날수록 더욱 나를 사랑했다. 하지만 나는 시간이 지날수록 마음 한편에 공허함이 쌓이고 있었다.
너와 나의 다름은 처음 만났을 때부터 알았지만, 연애를 시작하니 더 크게 느껴졌다. 친구였을 때는 웃고 지나갈 일도 연인이 되니 이해할 수 없었다. 네 주변은 항상 시끄러웠고 그게 나를 지치게 했다. 내가 지치는 걸 느낄 때면 큰 덩치를 한껏 접어 애교를 부리며 강아지처럼 내 어깨에 기대었다. 너의 노력이 내 눈에 보였기에 널 나무랄 수도 없었다. 시끄러운 주변을 뒤로하고 내 세계에 기꺼이 뛰어들어준 네가 항상 고마웠다. 너는 나를 헷갈리게 하는 법이 없었고, 빈 곳 없이 나를 꽉 채워주었다. 하지만 그럴 때마다 알 수 없는 빈칸이 계속해서 생겨났다. 그 빈칸 때문에 너와 함께 있는 순간이 마냥 즐겁지만은 않았다. 그런 내 빈칸을 알아채기라도 한 건지 네 사랑은 더 커졌다. 이 빈칸도 곧 네가 채워줄 거라고 생각했다.

네가 나에게 주는 만큼 나도 주고 싶었다. 나를 채워준 만큼 너에게도 가득 채워주고 싶었다. 하지만 너와 있는 시간과 비례하게 내 빈칸은 더 커져만 갔다.

네가 본가로 내려가야 하는 상황이었다. 처음으로 너와 며칠 동안 떨어져 있어야 했다. 여느 때와 다름없이 자기 전에 전화로 그날 하루 서로의 고됨을 털어놓았다. 그러다 점점 눈꺼풀이 무거워진 나의 정신을 번쩍 들게 한 네 말이 있었다.

"사랑해."

나를 혼란스럽게 하는 빈칸이, 널 가득 채울 수 없게 한 그 빈칸이 왜 생겨난 건지 알아버렸다. 사랑한다는 너의 말을 받아치지 못했다. 적잖이, 많이 당황스러웠다. '나도 사랑해.'라는 말이 무엇이 그리 힘들었는지 목구멍을 빠져나오지 못했다. 너는 어버버하는 내가 귀여웠는지 웃으며 '잘 자.'라는 말을 끝으로 전화를 끊었다. 그날 밤 나는 피곤했음에도 잠들지 못했다.

'너를 사랑하지 않는다.'

너를 사랑하지 않는다는 사실을 너에게 알리지 못했다. 너를 사랑하지 않음에도 왜인지 너를 놓고 싶지 않았다. 빈칸이 무엇인지 알고 난 후, 너와 있으면 늘 미안했다. 이 미안한 마음이 곧 사랑이 될 거라고 굳게 믿었다.

내 머릿속에 물음표가 계속됨에도 네 사랑은 멈추지 않았다. 제 몸 못 가눌 때까지 취했을 때도 취하지 않은 날 집에 데려다주겠다고 고집부렸다. 나는 통학을 했고 너는 기숙사 생활을 했다. 통금 시간이 지나면 기숙사 문은 굳게 닫히는데 나를 데려다주면 그 시간을 훌쩍 넘어버린다. 그런데도 자꾸만 고집부리는 네가 바보같아 못마땅했다. 결국, 나를 데려다준 너는 우리 집 근처 피시방에서 밤을 지새웠다. 네 사랑은 참 고집덩어리였고 미련했다. 네 사랑은 정말 진했고 깊었다.

너는 나의 성공을 진심으로 기뻐했다. 교수님의 성향과 과제의 의도를 정확히 간파해 직접적이고 솔직하게 써낸 과제물이 교수님 마음에 쏙 들었는지 교수님은 학생들 앞에서 내 칭찬을 아끼지 않으셨다. 너는 그 누구보다 나를 자랑스러워했고 나보다 더 기뻐했다. 네 진심이 내게 닿는 순간 칭찬받은 과제물보다 좋아하는 네 모습이 더 흐뭇했다.

너는 나를 항상 예뻐했다. 그리고 내 자존감이 바닥을 치고 있을 때 네가 건넨 말이 있다.

"넌 네가 얼마나 예쁜지 모르지? 네가 너를 그렇게 미워하면 나는 뭐가 돼. 내가 너를 얼마나 좋아하는데."

평생 그런 말을 들은 적도, 듣고 싶었던 적도 없었다. 실질적으로 아무 도움 안 되는 그저 '말'에 불과하다고 생각했다. 그랬던 내가 왜 이 말 한마디에 캄캄했던 세상이 환하게 느껴졌는지 모르겠다. 나는 지금껏 현실적인 조언만이 나를 위한 진정한 위로라고 생각했다. 한껏 포장된 위로는 내게 가치 없고 필요 없다고 생각했다. 그랬던 내 생각을 처참히 짓밟아준 말이었다. 내 마음을 콕 짚어 걱정된다고 말해준 너는 나를 가르쳤다. 사람에게는 '말' 뿐일지라도 예쁘고 따뜻한 말들이 필요하다는 걸 그제야 알았다.

주위를 둘러보면 다들 그들만의 인생을 잘 살아가고 있는 것만 같아 나만 이렇게 힘들게 살고 있는 건가 하는 회의감이 들곤 했다. 하지만 너는 내 모든 고민과 걱정을 다른 사람도 똑같이 하고 있다는 걸 알려주었다. 나 혼자가 아니라 그들도 똑같이 걱정 속에 잠겨 있다고, 동떨어지지 않도록 나를 끌어올려 주었다. 보잘 것없다고 생각했던 나라는 존재가 참 소중하다는 것을, 의미 있는 사람이라는 것을 느끼게 해준, 말하자면 너는 내가 나를 더 사랑할 수 있도록 도와준 사람이었다.

하늘색일까, 초록색일까, 노란색일까, 아니면 모두가 알고 있는 분홍색일까. 어느 하나의 색으로 단정 지을 수 없는 네 사랑은 무지개색인 걸까? 아니었다. 네가 보여준 사랑은 여러 색이지 않았다. 투명했다. 투명한 네 사랑은 나를 돋게 했다.

첫 실습이었다. 전 학년이 모였고 너는 늘 그랬듯 사람들과 잘 어울렸다. 나 또한 너와 떨어진 곳, 그 속에 잘 스며들고 있었다. 큰 키 때문에 맨 뒤에 서서 교수님 설명을 듣던 네가 보였다. 그런 너에게 가고 싶어졌다. 너의 곁이 얼마나 따뜻한지 잘 알고 있어서 옆에 있고 싶었다. 사람들 사이를 조심스레 헤쳐나와 너의 바로 뒤에 섰다. 나를 눈치채지 못하고 교수님 말에 끄덕이며 경청하는 네 뒷모습을 보자니 웃음이 나왔다. 웃음을 참으려 뒷짐 쥐고 있는 네 손을 가만히 바라보았다. 이번엔 꼼지락대는 네 큰 손이 말썽이었다. 나도 모르게 내 손이 너에게 향했다. 검지를 톡 쳤더니 꼼지락대는 걸 멈췄다. 잠시 뒤 너는 뒤를 돌아보지도 않고 내 손을 덥석 잡았다. 나라는 걸 어찌 알았을까. 슬쩍 뒤를 돌아보며 은은한 미소를 지어 보인 너였다. 웃을 때 자연스럽게 자리 잡은 눈가 주름은 너무도 예뻤다. 나이에 맞지 않는 그 주름은 네 얼굴에서 내가 가장 좋아하는 부분이었다. 그 부분이 보일 때면 내가 사랑받고 있다는 걸 다시금 느꼈다.

그때 나는 내가 역시 틀리지 않았음을 직감했다. 나를 보며 반짝이게 웃는 너를 보며 이제야 널 사랑하게 되었다고 생각했다.

드디어 널 사랑하게 되었는데 너는 내게서 점차 멀어졌다. 빛나던 눈가 주름은 씁쓸해졌고 굳어졌다. 날 더 이상 사랑하지 않냐고 묻는 내 말에 너는 답했다.

"나도 사랑받고 싶어."

나의 사랑은 너를 외롭게 했다. 나는 그저 네가 내 옆에 있기만 하면 됐었다. 너의 술자리에 여자가 있다고 해도 상관없었고 연락이 잘 안 되어도 상관없었다. 어떠한 질투도, 집착도 하지 않았고 그러고 싶지 않았다. 사랑의 농도가 진한만큼 드러나는 감정이 나에겐 나타나지 않았다. 나는 분명 그 아일 사랑했다. 사랑의 종류는 몹시도 다양하다는 걸 조금 더 빨리 알았다면 좋았겠지만.

"너를 사랑할수록 외로워."

결국, 내게 이별을 고했다. 헤어짐을 말하는 너의 붉은 입술이 떨렸고 뺨을 타고 흐르는 눈물은 변함없이 나를 사랑하고 있다는 걸 증명했다. 이리도 깨끗하고 순수한 너를 외롭게 만든 내가 못나 보였다. 그래서 더욱 너와 헤어질 수 없었다. 네게 처음 보인 내 눈물은 네 발목을 붙잡았다. 울고 싶지 않아 필사적으로 울음을 참는 나를 보며 차마 매정하게 돌아설 수 없었던 너였다. 만약 내가 울지 않았다면 우리의 결과는 달랐을까.

나에게 너 같은 사람은 처음이었다. 나를 사랑하는 사람이 보여준 표정은 그 어떤 것과도 비교할 수 없을 만큼 아름다웠다. 너를 간절히 사랑하고 싶었다. 나는 네가 필요했고 너를 사랑하지 않을 이유는 없었다. 행복도 사랑도 별것 없었던 나였는데 너와 만나고 모든 것이 별것이었다. 우리의 웃음소리는 너무도 예뻤고 우리의 눈물은 너무도 애처로웠다. 그래서 너를 더 불러냈고 네 사랑을 막지 못했다. 미안한 마음을 숨기고 싶었다. 너를 향해 뛰지 않는 심장을 때려서라도 뛰게 만들고 싶었다. 360도 돌아가는 놀이기구를 타면서 두근대는 심장이 옆에 있는 너 때문이라고 세뇌했다.

이별을 실패한 우리의 연애는 전과 달랐다. 너에 대한 사랑의 의미를 몰랐던 나는 여전히 너를 외롭게 했다. 사랑을 노력하는 나를 향해 너는 태연하게 웃음 지었지만, 웃고 있어도 고통스러워 보였다. 내 이기심 때문에 너를 지치게 했다. 그럼에도 너는 한결같이 나에게 사랑한다고 말해주었고 나는 한결같이 얼버무렸다. 너는 사랑을 재촉하지도 갈구하지도 않았다. 내가 사랑하기만을 기다리고 있었다.

한 날은 밤을 새워 드라마를 정주행하느라 학교 수업 중에 수도 없이 끄덕거리며 졸았다. 잠에 취해 해롱거리다 정신 차리려고 주위를 둘러보는데 너와 눈이 딱 마주쳤다. 싱긋 웃어주는 네가 편안했다. 대체 이게 사랑이 아니면 무엇이 사랑이라는 건지 미치도록 어지러웠다.

"피곤하면 쌍꺼풀 진해지는구나."

나는 이 한마디에 혼란과 무질서의 사랑을 끝내야겠다고 결심했다. 네가 나에 대해서 하나씩 알아갈 때 나는 너를 알지 못했다. 노래 부르는 걸 좋아하고 내가 싫어하는 당근과 양파를 골라내면 잘 먹어주었다는 것밖에, 데이트하면 알 수밖에 없는 것들, 딱 그정도였다. 너는 나에게 집중했고 나는 나에게 집중했다. 내 사랑과 네 사랑의 차이를 알아버렸다. 나는 그 아이 자체를 사랑했다. 연인으로서 한 남자를 향한 사랑이 아니었다.

나는 끝까지 이기적이었고 제 멋대로였다. 나 혼자 생각을 끝내고 마음을 정리했다. 그리고 약간의 침묵 끝에 고해성사하듯 마구 쏟아내었다.

"처음 사랑하지 않는 걸 알았을 때 널 보내줬어야 했는데 미안해. 널 사랑하고 싶었어. 네가 나한테 지어주는 웃음을 놓치고 싶지 않았고 네 옆에 있으면 행복해지는 날 잃고 싶지 않았어. 나한테 너는 소중한 사람이 분명한데 너를 사랑하지 않는다는 게 말이 안 된다고 생각했어. 이제는 네가 힘들지 않았으면 좋겠어. 고작 이런 말 들으려고 기다리게 해서 미안해."

이렇게 정리된 말이었다면 좋았겠지만, 당시엔 횡설수설하며 어수선하게 이별을 전했다. 혹여나 너에게 혼란을 준 건 아닌지 걱정이 들어 너를 보니 몹시도 침착하게 내 말을 들어주고 있었다. 얼굴이 찡그려질 법도 한데 따스한 눈으로 오히려 날 위로했다. 추운 겨울이었다. 언제나처럼 빨개진 내 손을 녹여주었다. 헤어지자는 나를 붙잡지 않았고 미안하다는 내게 잘못한 거 없으니 자책하지 말라고 해주었다. 그렇게 우리는 갈피를 잡지 못하던 사랑을 마쳤다.

그 아이는 내가 사랑하지 못할 것을 알고 있었다. 사랑을 기다린 줄 알았는데 이별을 기다리고 있었다.

그 후로 우리의 연결은 끊어졌다. 봄이 오고 새 학기가 시작하는데 네가 없었다. 그리도 좋아하던 노래를 좇아 전과했다는 소식을 뒤늦게 들었다. 모두가 아는 네 소식을 내가 가장 나중에 알았다. 괜찮은 줄만 알았던 네가 나와 헤어지고 아이처럼 울었다는 사실을 들었다. 나를 몹시도 미워했고 원망했다는 걸 들었을

땐 미치도록 후회했다. 널 만나기 전에 사랑을 알았더라면, 네가 나를 사랑하기 전에 알았더라면, 네가 처음 이별을 말할 때 알았더라면.

　나를 원망하는 것은 당연했다. 내가 그 아이에게 얼마나 잔인했는지 가늠조차 가질 않는다. 날 사랑함에도 이별을 바란 그 아이의 심정을 헤아렸을 땐 한 달이 지나있었다.
　그 아이가 날 미워했던 것은 헤어지고 나를 완전히 놓아주면서 나타난 증오였다. 이를테면 나를 결국 놓아버린 '네'가 후회했으면, 불행했으면 좋겠고 내가 아팠던 만큼 '너'도 아프길 바라는 마음. 너는 나에게 더는 좋은 사람이 아니게 되었고 나는 너보다 훨씬 더 대단한 사람을 만날 거라는 유치한 감정들이 쌓이고 쌓여 증오가 되어버리는 마음. 이 마음이 청승맞을수록, 그만큼 상대를 사랑했던 거라고. 때론 이별 후에 진정한 사랑의 크기를 알게 되기도 한다.
　너는 더없이 청승맞았고 나는 네 행복을 바랐다.

　'미친 소리 같겠지만, 끝내 사랑을 알게 해준 너에게 한없이 고마워. 설레었던, 꿈만 같았던, 불안했던, 아팠던 우리의 모든 순간은 사랑이었고 그 모든 순간을 주었던 너에게 고맙다고 말하고 싶어. 끝까지 모순덩어리인 나를 나무라기보다 기다림을 택한 너는 그 누구보다 어른이었어. 우연이라도 마주치지 않기를 빌게. 혹여라도 나와 함께한 아팠던 기억을 떠올리지 않았으면 좋겠다.'

나를 전혀 이해하지 못하고 비난하는 이도 분명 있을 것이다. 그럼에도 이 사랑을 이야기하는 이유는 나처럼 사랑을 착각하는 사람이 있다면 조금이라도 빨리, 무수한 종류를 가진 사랑의 농도, 색깔, 의미를 개안하였으면 하는 바람이다. 하지만 또 모순덩어리인 나로서 터무니없는 사랑이어도 괜찮다고 말하고 싶다. 나와 그 아이가 한 연애는 잘한 사랑이라고도, 잘못된 사랑이라고도 할 수 없다. 그저 사랑이 너무 어려워 방황했던 여느 한 연애였다. 사랑에 무지했던 그때와 조금은 알 것 같은 지금의 나에게, 그리고 나를 미워하는 너에게 열심히 사랑하라고 전하고 싶다.

나는 미성숙한 사랑을 했고 지금도 그러고 있다. 사랑이 어떻게 성숙하고 이성적일 수가 있을까. 사랑 앞에서는 나이 불문, 남녀 불문 감정적이고 미숙할지라도 사랑과 이별의 모든 순간은 결국 어떤 모습으로든 나아가게 한다.

그 아이와 나눈 대화, 몸짓, 표정, 감정은 점점 희미해져 가고 있다. 아마 그 아이도 마찬가지겠지. 내게 참 많은 것을 알려주었지만 몇 년 뒤면 억지로 꺼내지 않는 이상 잊힐 것이다. 어느 때보다 선명한 지금이, 죽을 만큼 힘들었던 그때가 언젠가 희미해질 거라는 진실은 마음을 조금 덜 미어지게 한다.

지금의 나는 사랑하고 있다. 그 아이가 기다려주지 않았더라면 나는 여전히 사랑하지 못하고 있을지도 모른다.

수많은 변수와 시련 속에서도 어디선가 나만의 봉우리는 조금씩 자라나고 있다. 꼭 찾아내어 마침내 피어오르길.

'아마 나는 너를 동경한 것일지도 몰라,

아마 네가 되고 싶었던 것일지도 몰라.'

마침.

"스무 해 동안 로스팅한 원두로 내린 커피를 맛보는 시간"

어른들이 커피를 마시는 모습을 보고 '무슨 맛일까?' 궁금해하던 어린 시절이 있었습니다. 그 맛이 하도 궁금해서 한 모금만 달라고 졸라서 얻어먹은 것이 저의 첫 번째 커피였어요. 초등학교 입학을 앞둔 어느 늦겨울 그렇게 맛본 커피는 어른들이 커피를 마실 때 보여준 표정이 이해되지 않을 정도로 쓴데다 뜨겁기까지 해서 넘기기도 쉽지 않았어요. 시간이 흘러 스무 살이 되어 마시게 된 커피의 맛은 달랐습니다. 그토록 썼던 커피가 맛있게 느껴지기 시작한 것이죠. 삶이란 이렇게 쓴맛에서도 맛있는 맛을 찾아가는 과정인 것 같습니다. 여기 다섯 청춘 역시 커피처럼 쓴맛에서도 단맛, 신맛, 짠맛을 모두 찾아내서 글로 담아냈어요.

「내가 사랑한 검은 모과」에는 영화와 책을 사랑하는 한 소녀가 등장해요. 그 소녀는 성인이 되어, 꺼지지 않을 것만 같은 '사랑'

이라는 초에 촛불을 붙입니다. 그리고 심지가 타들어 갈 때마다 미묘하게 변하는 사랑의 감정을 영화와 시에 적절하게 녹여내면서 전하고자 하는 마음을 잘 표현한 좋은 작품이에요. 「선인장꽃」은 공모전의 주제 중 하나인 '사랑'의 범위를 더 확장했다는 큰 의미를 가진 작품입니다. 대개 청춘의 '사랑'이라고 하면 이성 간의 사랑을 가장 먼저 떠올리게 되죠. 하지만 그 시기는 그동안 헤아리지 못했던, 그리고 그전까지는 알 수 없었던 '사랑'의 의미를 이해하고 넓혀가는 시간이기도 합니다. 평범하지만 매일 먹을 수 있는 된장찌개와 같은 친근함이 일품인 작품이에요. 「일이삼 사랑!」은 공모전의 주제인 꿈, 사랑, 청춘, 사람이라는 네 가지 주제를 모두 담아 창의적인 구성으로 담아낸 참신한 작품입니다. 지루할 틈 없는 전개와 서로 다른 이야기들을 유기적으로 연결한 멋진 글을 읽고 나면 한 편의 재미난 옴니버스 영화를 본 느낌을 들게 하죠.

「새삼스럽다고 할까」에서 들려주는 '사랑'을 저자는 회색빛으로 표현하였지만, 제게 다가온 느낌은 파란색이었어요. 하얀 캔버스에 붓으로 수채화 물감을 찍어 채색해 나가는 그림은 하늘색, 파란색, 군청색. 농도를 더해가면서 결국 한 여인의 초상화를 그려

냅니다. 은유적인 표현과 세밀한 묘사는 영상을 보여주는 듯한 흡인력을 가지고 있어요. 「나를 미워하는 너에게」의 장점은 진솔함입니다. 자신에 대해서 솔직하게 쓰는 글이야말로 가장 쓰기 어려운 글입니다. 저자는 사랑하며 느꼈던 여러 감정을 용기 내어 가감 없이 적었기 때문에, 누구에게나 공감을 일으킬 수 있는 글이 만들어졌어요. 자연스럽게 글을 읽어 나가는 속도를 거침없게 만들었습니다.

유난히 공기가 시원하고 하늘이 청명했던 2022년 어느 가을날, KT&G상상유니브서울과 꿈공장 플러스가 함께 주최한 '상상이상 공모전' 에세이 부분 심사위원 요청을 받게 되었어요. 공모전 요강을 보니 대학생만 지원할 수 있음을 알게 되었고, 스무 해 동안 로스팅한 원두로 정성스레 내린 다양한 커피를 맛볼 수 있겠다는 생각에 기쁨을 넘어 영광스럽기까지 했습니다. 어떤 학생의 글에는 너무나 쓴 에스프레소의 맛이, 어떤 학생의 글에는 부드러운 카페라떼의 맛이 났지만, 공통적인 것은 청소년이었다가 성인이 되어 느끼는 인생의 맛은 단맛보다는 커피 본연의 쌉싸름한 맛이 더 많았다는 점이었어요. 언젠가 '학생'이라는 신분도 벗어나 사회의 일원이 되어 살아갈 때가 오면 그 커피에다 에스프레소 샷을 더 넣어야 할지도 모릅니다. 하지만 그럴지라도 여러분의 일상 속에서 달콤한 핫초코, 향기로운 페퍼민트, 그윽한 녹차, 상쾌한 소다수 같은 날들이 많아지기를 진심으로 바라며 응원합니다.

작가 김원중 (심사위원장)

前 강원교통방송『오유진의 스튜디오1059』영화음악 코너 작가
에세이『내 일기장 속 영화음악』
교보문고 추천 에세이 선정
2021 서울국제도서전 참가

소려한 사랑의 조각들

초판 1쇄 발행	2023년 2월 14일	
초판 1쇄 인쇄	2023년 2월 27일	

지은이 시   이백호 박지환 장지민 오택준 왕영진
        에세이 박채린 임민지 송이림 한성민 서유리

펴낸이   이장우
편집   송세아 안소라
디자인   theambitious factory
제작 관리   김소은 김한다 한주연
인쇄   금비pnp

펴낸곳   도서출판 꿈공장플러스
출판등록   제 406-2017-000160호
주소   서울시 성북구 보국문로 16가길 43-20 꿈공장 1층

공모전 심사 시   배성희 김효정 김유리 김보겸 이경선
            에세이   김원중 은파   조은아 송세아 심지연

이메일   ceo@dreambooks.kr
홈페이지   www.dreambooks.kr
인스타그램   @dreambooks.ceo
전화번호   02-6012-2734
팩스   031-624-4527

ISBN   979-11-92134-36-9
정가   14,000원